33 Grausamkeiten II

Für Carmen, Ronny, Angela und Cecilia

33 Grausamkeiten II

(Alp-)Träume für jedermann

von Manuela Thoma-Adofo

Bibliografische Information der Deutschen Nationalbibliothek
Die Deutsche Nationalbibliothek verzeichnet diese Publikation in der Deutschen Nationalbibliografie; detaillierte bibliografische Daten sind im Internet über http://dnb.dnb.de abrufbar.

© Manuela Thoma-Adofo 2016
Internet: www.manuela-thoma-adofo.de
Umschlaggestaltung Esther Probst r-design München
Lektorat/Korrektur: Eva Leopoldi und Mathias Kröger
eBook-Format Olaf Tank
Satz, Herstellung und Verlag: BoD – Books on Demand, Norderstedt
ISBN 978-3-7412-7742-9

Inhalt

Freundinnen	7
Reingelegt	14
Böse Zellen	19
Vaterschaft	23
Gertrud	28
Gut aufgehoben	34
Das Testament	42
Das Enkelchen	50
Der Pyromane	52
Der Lottogewinn	57
Die Putzfrau	65
Wachtmeister Claus	71
Schluss machen	79
Schön sein	82
TV Star	89
Der Makler	97
Halteverbot	102
Ehebruch	107

Männer	112
Essgewohnheiten	114
Alte Bekannte	118
Das lange Warten	122
Timo der Trickser	127
Ruhe in Frieden	135
Der Schuldige	142
Skorpion	145
Der Rastplatz	149
Die Beichte	153
Biomüll	158
Die Krankheit	160
Petri Dank!	163
Hausgäste	166
Vorurteile und andere politisch unkorrekte Lügen	173
Deutschland	174
Bayern	176
Vorurteile über Rassen und Länder	178
Vorurteile gegenüber Homosexuellen	180
Die Leiden der jungen M. oder der Beginn der Diät	182
Danke!	184

Freundinnen

Mathilda, Johanna, Christine und Sophia lernten sich wenige Tage vor dem Tod von Sophias Mann kennen.

Heinz war cholerisch, attraktiv und ein notorischer Ehebrecher. Aber mit achtundsechzig Jahren definitiv zu jung, um von einem Wagen überfahren zu werden. Zwei Mal.

Der Lenker des Wagens beging Fahrerflucht und wurde auch nach langen Ermittlungen nicht gefunden. Und Sophia war ab diesem Zeitpunkt Witwe und schrieb sich im Sportstudio ein.

Die vier Frauen waren vom Wesen her völlig unterschiedlich. Sophia eher lebensfroh und aktiv, Mathilda ein wenig melancholisch und verschlossen. Christine saß am liebsten mit einem Glas Wein vor einem guten Buch, und Johanna war weltoffen und dachte über ein Studium der Kunst nach.

Leider hielt Johannas Mann den Gedanken daran, dass seine Frau mit über fünfzig Jahren noch die Schulbank drückte, für albern und stellte sich quer. Johannas Kinder – sie hatte einen Sohn von dreißig Jahren und eine Tochter von achtundzwanzig – fanden ihre Idee gar nicht schlecht. Aber alle wussten, dass Gerd seine Wünsche oder sein Missfallen mit Öffnen oder hartnäckigem Schließen des Geldhahnes durchsetzte. Vielleicht war es damals ein Fehler gewesen, das Studium abzubrechen, bloß weil er ihr versichert hatte, immer für sie zu sorgen.

Gerd liebte es zu wandern. Johanna hatte sich daran gewöhnt und ging mit. Gerd wollte es so. Sie erklommen gemeinsam Pässe und steinige Wege, die Johanna ein Gräuel waren.

Es war ein großer Zufall, dass sie bei einer dieser Bergtouren Sophia begegneten. Sophia war schon immer gerne Wandern gegangen, aber ihr Mann Heinz – Gott hab ihn selig – hasste Bewegung in freier Natur.

Sophia schloss sich Johanna und ihrem Mann an, und so schwiegen sie gemeinsam, bis sie eine besonders kitzelige Strecke eroberten.

Keiner wusste, wie es kommen konnte, aber Gerd rutschte offenbar an der steilsten Stelle der Tour aus und stürzte mindestens zwanzig Meter in steiniges Gelände.

Johanna blieb oben sitzen, während die wendige Sophia hinabstieg, um zu schauen, ob man dem armen Gerd noch helfen müsse. Als sie nach oben rief, dass jede Hilfe zu spät käme, zog Johanna das Handy aus der Tasche und wählte weinend die Nummer der Bergrettung. Bergluft gibt vielen Wanderern ein Gefühl von Freiheit. Johanna hatte das früher nie so gespürt.

An Gerds Grab stand Johanna vor einem Kranz mit weißen Rosen. Gerd hasste weiße Rosen. Er fand sie unnatürlich. Aber sie konnten ihn ja jetzt nicht mehr stören. Und Johanna nahm sich vor, sein Grab jedes Jahr aufs Neue mit diesen Blumen zu dekorieren.

Bei der Beerdigung fand Johanna Stütze in ihren drei Freundinnen. Sie standen gemeinsam vor dem Grab. Alle in Schwarz. Vier Frauen mitten im Leben. Und Schwarz stand ihnen außerordentlich gut.

Schon im darauffolgenden Herbst verunglückte Christines Ehemann Ferdinand.

Ferdinand war Hobbyflieger. Seine Eta stand im Hangar, und er liebte sie mehr als seine Tochter oder seine Frau. Wichtig war ihm aber auch, wie er auf alle Frauen im Segelflieger-Club wirkte. Er konnte von Glück reden, dass keiner der gehörnten Ehemänner ihn je mit einer fremden Ehefrau in einer der Hallen erwischt hatte. Die Chancen dafür standen nicht schlecht, aber er war in diesen Dingen eben ein Glückskind. Und so feierte sich Ferdinand immer noch als den begehrenswertesten Segelflieger seiner Region. Christine wusste von seiner Umtriebigkeit und hatte sich damit abgefunden.

Sie genoss die langen Gespräche mit Mathilda, Sophia und Johanna. Sie gaben ihr Kraft und Zuversicht.

So kam es auch, dass sie die hübsche, noch nicht lange verwitwete Sophia mit zum Flughafen brachte. Es brauchte nicht viele Worte, und Ferdinand hatte nur noch Augen für die junggebliebene Witwe.

Er fragte sie, ob er ihr mal sein Flugzeug zeigen solle und freute sich, dass Christine ihm keine Szene machte.

Zu dritt liefen sie um das fast zehn Meter lange und über dreißig Meter breite Flugzeug herum. Ferdinand checkte alle wichtigen Steuerteile und demonstrierte sein Fachwissen vor Sophia. Christine folgte den beiden mit wenigen Metern Abstand. Auch sie checkte die Maschine. Sie wollte sicher gehen, dass ihrem Mann nichts passierte, was nicht in ihre Lebensplanung passte.

Mehrfach fragte Ferdinand nach, ob Sophia mit ihm eine Runde drehen wollte. Aber sie schüttelte nur lachend den Kopf. Dann halfen die beiden Frauen Ferdinand das Flugzeug nach draußen zu schieben.

Christine überlegte noch, ob sie eines der Funkgeräte mitnehmen sollte. Einfach, um noch ein bisschen in Verbindung zu bleiben. Letztendlich entschied sie sich aber dagegen. So ein Segelflug war doch erst dann richtig schön, wenn man ihn in aller Stille verfolgen konnte.

So saß sie neben Sophia in einem der Liegestühle und beobachtete das konstante Aufsteigen ihres Mannes. Als sie die Unruhe im Tower und unter den anderen Seglern bemerkte, konnte sie Ferdinand schon gar nicht mehr sehen. Sie holte zwei Gläser Champagner für sich und ihre Freundin. Sie stießen miteinander an und wünschten dem Piloten dort oben eine gute Zeit.

Dass Ferdinand vergessen haben musste, sowohl das Höhenruder als auch die Trimmflosse ordentlich zu überprüfen, traf alle überraschend. Letztendlich wurde es aber seinem Interesse an Christines Freundin zugeschrieben.

Genau das hatten die anderen Clubmitglieder hinter vorgehaltener Hand oft schon kommen sehen. Sein Sinn für Frauen würde ihn noch einmal Kopf und Kragen kosten. Und so war es nun auch.

Er hatte keine Chance. Die Thermik war grandios, und er trieb höher und höher. So lange, bis die Thermik sich dann für eine andere Richtung entschied. Steuern ließ sich der Gleiter aber nicht. Sein Flugzeug und seine Leiche wurden wenige Stunden gefunden, nachdem er Sophia zum Abschied, vor den Augen seiner Frau, schelmisch auf den Po geklopft hatte.

Schon eine Woche später hatte sich Christine aus dem Segelfliegerclub abgemeldet. Was sollte sie dort noch?

Wieder standen die vier Freundinnen gemeinsam am Grab und gaben sich Halt.

Christine trug ihren neuen Lippenstift und sah mit dem neuen Kurzhaarschnitt ganz bezaubernd aus unter ihrem zarten schwarzen Schleier.

Mathildas Mann Paul mochte die Freundinnen seiner Frau nicht. Er mochte generell kaum etwas, wofür sie sich begeisterte. Aber drei Frauen, die ihr Leben ohne die starke Hand eines Mannes bestritten, waren ihm suspekt. Immer wieder wies er Mathilda darauf hin, was für ein Glück sie habe, dass es die Gatten der drei anderen seien, die verstorben waren. Dass sie noch einen Mann habe, der mitten im Leben stehe und seine besten Jahre noch vor sich hätte.

Bei dieser Prognose stellten sich Mathildas Nackenhaare auf, und sie suchte Trost bei Christine, Sophia oder Johanna.

Vor ein paar Jahren war das noch anders. Da hatten sie sich sogar ein Hobby geteilt.

Mathilda und ihr Mann hatten den Bootsführerschein gemeinsam gemacht. Mathilda fand den Gedanken, ein eigenes Boot über den See zu steuern, romantisch. Sie freute sich, als Paul sich bereit erklärte, dieses Boot zu kaufen. Dass er dafür ihre Lebensversicherung, die den Kindern zu Gute kommen sollte, auflöste, verletzte sie aber sehr.

Ihr Mann brachte seine Gedanken bei einem Abend mit gemeinsamen Freunden auf den Punkt.

»Ich schwöre euch, dass ich mindestens zehn Jahre länger leben werde als unsere Mathilda hier. Und so lange kann ich auch noch für sie sorgen.«

Zumindest entschied er sich nicht für einen dieser hässlichen Plastikkähne, sondern wählte ein wunderschönes Riva-Boot. Es war eine Aquarama. Und es war ein Schmuckstück.

»Master Paul« hatte ihr Mann das Boot taufen lassen. Der Name prangte hinten, oberhalb der Leiter, in messingfarbenen Buchstaben. Mathilda fand diese Bezeichnung abstoßend und arrogant.

Für Paul kam ein Umtaufen nicht in Frage. Abgesehen davon, dass er der Meinung war, so etwas brächte Unglück, gefiel ihm seine Namenswahl absolut. Mathilda wollte keinen Streit und verzichtete auf weitere Kritik. Aber immer wenn sie aus dem Wasser kletterte und über diese zehn Buchstaben hinweg stieg, widerte es sie an.

Sie hatten beide den Bootsführerschein gleichzeitig bestanden. Sie selbst sogar mit einer weitaus besseren Punktzahl als ihr Mann. Und dennoch ließ er es nicht zu, dass sie das Ruder übernahm. Autos, Boote und alle anderen Fahr- und Flugzeuge seien nichts für Frauen. Es war seine Riva. Und dass er das Boot von ihrem Geld gekauft hatte, tat hierbei nichts zur Sache.

An guten Tagen genoss es Paul, das Boot zu verlassen und im See zu schwimmen. Wenn, und nur für den Fall, dass ihm im Wasser etwas passiere, dürfte Mathilda den Motor anlassen und ihm zu Hilfe kommen. So sagte er stets, wenn er ins Wasser glitt. Dass Mathilda das Boot nicht verlassen durfte, während er sich im Wasser befand, war für ihn eine Selbstverständlichkeit.

Es war ein Freitag im letzten Sommer, an dem ihn eines der Leihboote nur knapp verfehlte. Mathildas Herz schlug ihr bis zum Hals, als sie erkannte, dass ihr Mann das Boot rechtzeitig hatte kommen sehen. Nicht auszudenken, was passiert wäre, wenn er es nicht im letzten Moment wahrgenommen hätte.

Aber man konnte nicht alles haben. Das Leihboot hielt sich immer noch in Sichtweite auf. Die Situation machte Mathilda gleichermaßen Angst wie Mut. Die drei Personen an Bord der weißen Yacht waren von hier aus kaum zu erkennen.

Paul war gute dreißig Meter vom Boot entfernt, als sie die Treppe hochklappte.

Es gab kein Zurück mehr. Es waren hier draußen keine weiteren

Boote in Sicht, und Mathilda startete den Motor. Sie fuhr nicht schnell. Sie fuhr nur weit genug weg, bis sie seine wütenden Schreie nicht mehr hörte. Nach einer Stunde rief sie die Polizei. Die Treppe trieb schon lange wieder im Wasser, und ihre Verzweiflung war echt.

Sie haben seine Leiche nie gefunden. Und sie haben ihr auch keine große Hoffnung gemacht. Hier, an dieser Stelle, war die Strömung stark und das Wasser tief. Sie sagten, der See werde sich um ihn kümmern. Und Mathilda wusste, dass sie Trost und Zuverlässigkeit bei ihren Freundinnen finden würde.

Es wäre ihr nicht Recht gewesen, ihn irgendwo dort unten zu wissen. Irgendwie war es ihr wichtig, dass sie wusste, wo er war.

All das war nun fast ein Jahr her. Sie war drüber weg, und seine Lebensversicherung würde bald an die Kinder ausgezahlt werden.

Die Sonne schien auf das Innenleben der Yacht und auf den hinteren Ruhebereich. Gleich nach Pauls Tod hatte Mathilda das Boot restaurieren lassen. Das ursprünglich türkise Kunstleder wurde entfernt und die Messingbuchstaben ebenfalls. Nun strahlte die *Lady M.* in edlem Holz und beeindruckendem Weiß.

Sophia und Johanna lagen auf ihren großen Badelaken. Sie trugen bunte Einteiler und Sonnenhüte, die ihnen Schatten spendeten. Johannas Bildband der Kunst lag auf der hinteren Bank. Sie hatten das Erscheinen des Buches zu viert gefeiert, und jede war stolz darauf, wie schnell und souverän Johanna in ihrem Studium Erfolge sammelte.

Sophia wirkte entspannter als in der ersten Hälfte ihres Lebens. In ihrem orangefarbenen Badeanzug sah sie aus wie ein junges Mädchen. Sie lachte viel und laut, und es gab kaum einen Abend, an dem nicht irgendein Mann der Damengruppe eine Runde Champagner spendierte, in der Hoffnung, dass Sophia sich mit einem Lächeln bedankte. Sie hatte es geschafft, sich noch mit fast sechzig Jahren als Yogalehrerin zu etablieren. Der Sport bekam ihr gut, und ihr Körper war beneidenswert gut definiert.

Als Johanna und Sophia merkten, dass sie bald wieder in den Hafen einfuhren, begannen sie, ihre Sommerkleider überzuziehen und die Laken zusammenzulegen.

Sie kamen nach vorne zu Mathilda und Christine. Gemeinsam standen sie an Bord des schönen Bootes, das nun Mathilda gehörte. Der Wind bewegte das leicht ergraute wellige Haar der Frau hinter dem Steuerrad, und ein entspanntes Lächeln spielte um ihre Lippen. Auf der großen, roten Tonne, die die Einfahrt in den Hafen markierte, saß eine Möwe.

Rechter Hand konnte man schon die bunten Fahnen an den Anlegestellen sehen. Die Flaggen waren im vergangenen Jahr erneuert worden. Die Piratenflagge hatten die vier Frauen für die Hafenbesitzerin gekauft. Sie wehte neben den anderen im Wind und gab den Fahnen etwas Humoriges.

Paul hätte sich über den Mangel an Ernsthaftigkeit sicher beschwert. Er nahm immer alles zu ernst. Sogar den Spaß.

Er konnte sich nie mal ein bisschen gehen oder treiben lassen. Umso ironischer war es, dass ihm nun quasi gar nichts anderes mehr übrig blieb.

Die vier Frauen nickten der roten Tonne kurz zu. Die Möwe zeigte sich unbeirrt.

»Schön, er hat Gesellschaft.« Christine nippte an ihrem Chardonnay.

»Rot steht ihm gut.« lächelte Christine.

Alle vier Frauen lachten und prosteten sich ein letztes Mal vor dem Anlegen zu.

Mathilda steuerte die »Lady M.« sicher und souverän in den Hafen. Gemeinsam legten die vier Freundinnen an und halfen sich gegenseitig aus dem Boot.

So wie in den letzten Jahren auch.

Reingelegt

Was für ein Spaß. Gleich sollte es losgehen. Die Kameras und Mikrofone waren installiert und in Betrieb. Die Szenen waren arrangiert und der Gast geradezu perfekt. Genau der Typ Mensch, der sich überall einmischt. Mitte 50, einsam und optisch derart durchschnittlich, dass er auf den ersten Blick geradezu langweilig wirkte.

Alles lief wie geschmiert. Seit fünfzehn Jahren wurde die Sendung nun schon vom gleichen Team produziert.

Gut, es gab schon mal einen anderen Kameramann. Der Hodenkrebs hatte Sergio gnadenlos dahingerafft. Einer der Co-Produzenten hatte sich vor vier Jahren betrunken mit seinem Alfa um den Baum gewickelt, und der ein oder andere technische Mitarbeiter war nach einem Verhältnis mit der Frau des Regisseurs fristlos gekündigt worden. Aber was soll's? So ist das Business. Heute hier und morgen dort. Zuschauerzahlen und Quoten waren wichtiger als der eigene Puls und Blutdruck. Und sowohl die Zahlen als auch die damit einhergehenden Quoten waren nach wie vor stabil und hoch.

Die Sendung wurde in all den Jahren weder konzeptionell noch inhaltlich überarbeitet oder verändert.

Never change a running system, hieß es. Der Spruch war hier absolut angebracht. Und *Reingelegt* war ein überaus gewinnbringendes Produkt. Ein funktionierendes Team bildete gemeinsam mit kostengünstig arbeitenden Jungschauspielern ein Konglomerat, das effizienter nicht sein konnte.

Gregor, der im Nachbarzimmer die Regie führte, kaute auf den Nägeln. Es war nach all den Jahren immer noch ein Ausdruck seiner Nervosität. Hin und wieder warf er den beiden Jungs am Mischpult hinter den fünf Monitoren einen aufmunternden Blick zu. Dann hob er sich an seinen Armlehnen aus dem Stuhl, beugte sich vor, setzte sich zurück und lehnte sich wieder an. Es konnte losgehen. Der Produktionsassistent, der auf einem der beiden rollbaren Flightcases saß, hörte auf, mit seinen Händen auf die Oberschenkel zu trommeln, und blickte fasziniert zu den Bildschirmen.

Zwei Kameras fingen den Platz ein, an dem der Schauspieler gleich in Aktion gehen würde. Eine weitere erfasste den ganzen Raum. Die wichtigsten beiden Kameras hielten den Gast aus unterschiedlichen Blickwinkeln im Bild.

Noch war alles ruhig. Das spätere Sendungs-Opfer saß ahnungslos am Tisch und verspeiste unauffällig seine Nudeln.

Mit einem »Go« öffnete sich die Tür der Wirtschaft, und ein junger Mann mit Jeans und Lederjacke betrat den Gastraum. Zielstrebig steuerte er den Tisch neben dem Gast an und ließ sich auf die Bank fallen.

Die beiden Kameras, die auf den Herrn hinter den Nudeln gerichtet waren, zeigten noch keine größere Reaktion an.

Der Mann schaute nur kurz auf und blickte gleich wieder auf seine Spaghetti.

Nach nicht ganz dreißig Sekunden begann der Mann in der Lederjacke lauthals nach der Kellnerin zu rufen. Und als diese ihm zu verstehen gab, dass sie sich gleich um ihn kümmern werde, fluchte er und forderte eine sofortige Bedienung.

Wieder passierte nichts.

Dann kam die Kellnerin und brachte dem Gast hinter den Nudeln ein Glas Limonade. Sie lächelte ihn an und schüttelte mit dem Kopf, als der Gast hinter ihr sie aufforderte, jetzt sofort zu kommen, um seine Bestellung aufzunehmen.

Die junge Frau drehte sich um und stellte sich mit ihrem Block in der Hand vor den neuen Gast.

»Ich will ein Bier und ein Schnitzel mit Pommes. Aber pronto!«

Der Kerl legte einen Fuß auf den Stuhl vor ihm und klatschte in die Hände.

Die Kellnerin schrieb die Bestellung auf und bat ihn, den Schuh vom Polster zu nehmen.

Sie tat das nett und freundlich und gut hörbar für den Herrn, der nur einen Tisch weiter saß. Aber dieser hob wieder nur kurz den Kopf.

»Verzisch dich in die Küche, Schnittchen. Den Stuhl kannst du ja später wieder sauber machen. Und jetzt hopp!«

Die junge Frau drehte sich um und warf den Gast am anderen Tisch einen entschuldigenden Blick zu.

Dann ging sie zügig in Richtung Küche.

Der Mann am Tisch daneben blieb seltsam ruhig. Aber es konnte nicht mehr lange dauern. Sein Blick sprach Bände. Ständig pendelten seine Augen mittlerweile von seinen Spaghetti hinüber zum anderen Tisch, wo der junge Mann die hübsche blonde Kellnerin schikanierte.

Mit einem Teller und einem Glas Bier in der Hand kam sie zurück. Sie sah irgendwie ein bisschen ängstlich aus.

In der Regie beglückwünschte man sich kurz zur Auswahl dieser talentierten Jungschauspielerin. Man nahm ihr voll und ganz die verängstigte Bedienung ab. Ihre Blicke wirkten nervös hilfesuchend.

Am Tisch stellte sie Teller und Glas ab.

»Recht so?«

»Was heißt hier Recht so? Das ist ein Pils. Ich hatte ein Weizen bestellt.«

Der Kerl nahm das Glas und stellte es weiter von sich entfernt auf den Tisch. Dabei spritzte die Hälfte des Getränks auf die Schürze der Kellnerin.

»Ich will jetzt mein Weizen, du dusselige Schnecke. Aber hurtig.«

Um seine Sätze zu unterstreichen, stand er sogar kurz und bedrohlich auf.

Wenn der Gast am Nachbartisch nicht bald eingriff, mussten sie ein bisschen aggressiver an die Sache herangehen. Sie wollten ja auch nicht ewig warten. Es gab heute noch zwei weitere Folgen zu drehen, und wenn sie sich in dem Mann geirrt haben sollten, dann war es besser, rechtzeitig abzubrechen und auf ein anderes Opfer zu warten. Dann würde in ein paar Wochen jemand anderes über den Bildschirm flimmern und darauf hingewiesen werden, dass er oder sie soeben medientechnisch aufs Glatteis geführt wurde.

Sobald alles im Kasten war, kamen sie immer mit der großen Kamera. Alle würden lachen und klatschen. Der ungewollte Darsteller wurde darauf hingewiesen, dass er reingelegt worden war. Dann wurde er freundlich umarmt und man zeigte ihm, wo sich die Kameras befanden, die ihn in den letzten Minuten aus allen möglichen Perspektiven aufgezeichnet hatten.

Die Kellnerin kam zurück. Ihr Schritt war zaghaft und der Blick zu dem Gast am Nachbartisch hätte die Herzen jedes Mannes gebrochen, der auch nur den geringsten Impuls verspüren konnte, einem Menschen zur Seite zu stehen. Der Mann mit der Lederjacke stand auf, schaute auf das Glas in ihrer Hand und schlug mit beiden Händen auf den Tisch.

Dann ging alles ganz schnell. Keiner wusste, an welcher Stelle der Punkt erreicht war. Aber der untersetzte, unauffällige Mann stand plötzlich zwischen der jungen Frau und dem Schauspieler, der hier die Rolle des rüden Gastes gab.

Er sagte kein Wort. Seine Bewegungen waren schnell, aber kaum wahrnehmbar. Ohne ein weiteres Wort zu sagen, wandte er sich nach wenigen Sekunden wieder ab und ging zurück auf seinen Platz.

Der junge Schauspieler drehte sich langsam um. Das Bild wirkte irritierend. Was spielte er da? Mit seinen Bewegungen nahm er der Szene die Dynamik. Das war nicht gut. Dann senkte er den Blick und nahm die Hände von seinem Bauch. Das große Messer steckte unterhalb seiner Rippenbögen. Der nach unten weisende Griff bedeutete, dass sich die Klinge mitten in seinen oberen Organen befinden musste. Im Raum herrschte unfassbare Stille. So lange bis der junge Mann nach vorne auf die Knie fiel und die Schauspielerin, die bis gerade eben die hilflose Kellnerin gespielt hatte, in einen langen lauten hysterischen Schrei ausbrach.

Felix hatte alles richtig gemacht. Das wusste er. So hatte er es in der Therapie gelernt. Er war ganz ruhig geblieben. Diese Spaghetti hier waren die ersten seit sieben Jahren in der geschlossenen Anstalt. Er hat es nicht angefangen. Er hat sich nicht provozieren lassen. Erst als es gar nicht mehr anders ging, hat er sich an seine Möglichkeiten erinnert. Er darf keine Menschen verletzen. Das weiß er. Aber in solch einem Fall muss er doch reagieren. Der Mann hat der Frau weh getan, und man tut keinen Frauen weh. Das hatte er nun doch gelernt. So heißt es immer. Man bringt seine Mutter nicht um und man wirft seine Schwestern auch nicht aus dem Fenster. Ja, er hatte in der Vergangenheit Fehler gemacht. Aber er hatte es sich eingeprägt. Ein Mann muss Frauen beschützen.

Und er, Felix Gerdes, hat alles richtig gemacht. Er hat diese junge Frau, die ihm so lieb das Essen gebracht und ein paar freundliche Worte mit ihm gewechselt hat, beschützt. Er ging zurück auf seinen Platz und griff nach seiner Gabel. Die Spaghetti waren einfach zu lecker. Und dieser ganze Betrieb und diese hektischen Leute, die aus allen möglichen Räumen liefen, würden ihn nicht davon abhalten, seine Mahlzeit zu beenden.

Böse Zellen

Zum dritten Male schob sie die Schubladen ihres Schreibtisches zu. Mit den Händen auf den Schenkeln schloss sie die Augen und überlegte fieberhaft, wo er sein könnte.

Dann ging ihr der Gedanke durch den Kopf, dass er auch keinem Arzt oder Sanitäter in die Hände fallen würde, wenn sie selbst ihn nicht fände. Einen Moment war sie beruhigt, aber dann wurde sie doch wieder nervös.

Ihr Organspendeausweis musste unbedingt vernichtet werden. Sie hatte das Formular gleich, als sie wieder draußen war, mit bestem Willen ausgefüllt. Sie wollte gut sein. Nach all dem Schaden, den sie angerichtet hatte. All dem Blut, das an ihren Händen klebte. Es war nicht so, dass sie ihre Taten bereute. Aber es reizte sie nicht mehr zu töten.

Body Memory nannten sie es in diesem Artikel. Sie hatte vorher schon davon gehört, aber sich nie wirklich damit auseinandergesetzt. Sie war in der Praxis ihres Therapeuten auf die medizinische Abhandlung gestoßen. Im Anschluss hatte sie sich beinahe vierundzwanzig Stunden am Stück alle Informationen darüber im Internet angesehen.

Wenn es wirklich so war, dann würde sie mit ihrer Hilfe nichts als Schaden anrichten. Gar nicht auszudenken. Ihre Lunge, ihr Herz, Leber, Niere, Netzhaut. Alles Top in Schuss. Und alles wiederum tödlich. Nicht für den Empfänger. Für sein Umfeld.

Schon häufig hatte man gehört, dass Organempfänger Eigenarten ihres Spenders annahmen. Eigenarten.

Waren Impulse, die einen zum Serienmörder werden lassen, Eigenarten?

Hier ging es nicht darum, dass ein Einzelgänger zum Partylöwen, ein Tierfreund zum Hundehasser wird.

Was, wenn sich Körperzellen nicht umprogrammieren ließen?

So wie ihr Kopf? Wenn alle angelegten Impulse angelegt blieben?

Ihr Vater starb in lebenslanger Haft. Selbst im Gefängnis hatte er versucht, einen der jüngeren Zellengenossen zu töten. Als der Junge zwischen seinen Händen schon blau anlief, wurde er von dessen Liebhaber überrascht.

Man fand später Teile des Gehirns ihres Vaters an der Wand und am Boden.

Paola wusste nicht, ob Sträflinge für Organspenden zur Verfügung ständen. Aber sie glaubte nicht. Dieser Artikel regte sie unfassbar auf.

Es war egal, wie gut sie sich im Griff hatte. Wie gut sie heute die Dinge und ihre Taten verstand. Vierzehn Jahre Gefängnis und vier Jahre Therapie hatten ihr zwar die nötige Kontrolle über ihren Geist verschafft, aber ihre Organe und Zellen waren – wenn es denn stimmte – noch ganz anders programmiert. Ihren Kopf konnte sie steuern, aber tief drinnen war alles wohl noch beim alten.

Paola wollte die Suche nach dem Ausweis nicht eher abbrechen, als dass sie ihn finden würde. Finden und vernichten.

Ohne dieses Dokument würde sie sich sicherer fühlen.

Mittlerweile stand ihr der kalte Schweiß im Nacken. Ihre Hände waren kalt, und ihr Hals war trocken. Durch die Müdigkeit hatte sie schon seit Stunden rasende Kopfschmerzen. Und ihr Gesicht fühlte sich taub an. Sie lief vom Schlafzimmer ins Wohnzimmer und von dort aus ins Bad. Eine eigenartige Panik überkam sie, und sie drückte den roten Knopf ihres Notrufgerätes. Ihr Therapeut und die Klinik würden gleich über Lautsprecher zu hören sein. Sie würde ihnen sagen, dass etwas nicht stimmte. Dass sie Hilfe brauchte. Der Schmerz in ihrem Kopf explodierte.

Als sie vor dem Gerät im Flur stand, traf es sie wie ein Schlag. Und genau das war es auch. Ein Schlaganfall.

Sie stürzte zu Boden und riss dabei zwei der Schubladen aus der Kommode mit sich. Unter all den gesammelten Post- und Visitenkarten segelte auch das kleine dreifarbige Dokument herab. Ihr Organspendeausweis.

Er kam auf ihrer Brust zu liegen, und sie versuchte danach zu greifen. Aber sie hatte ihre Hände nicht mehr unter Kontrolle.

Auf ihrem Notrufgerät rief jemand ihren Namen, aber Paola konnte nicht antworten. Ihr fielen keine Worte mehr ein, und ihr Mund brachte nur noch gurgelnde Geräusche hervor.

Sie fühlte sich hilflos und verraten. Der Raum um sie herum schien sich zu weiten. Und sie hatte den Eindruck, dass nach und nach alle ihre Mordopfer um sie herum standen und auf sie hinab blickten. Es waren mehr Seelen, als sie in Erinnerung hatte. Sie hatte tatsächlich einige vergessen. Ihr Gesicht verzog sich zu einem schiefen Lächeln.

Als wenig später ihre Tür aufgebrochen wurde, waren schon so viele Hirnzellen beschädigt, dass Paola auf keine Ansprache mehr reagierte. Der Notarzt ließ Paola in den Krankenwagen bringen. Den Organspendeausweis nahm er mit. Er war beeindruckt von der Frau, die offenbar trotz ihrer Probleme die Weitsicht hatte, sich als Organspenderin erkennen zu geben. Die Patientin war Mitte vierzig, und ihr Körper schien unverletzt. Sie würde vielen Menschen helfen können.

Hermann erwachte aus seiner Narkose. Er wusste seinen Namen und warum er operiert worden war. Das helle Licht blendete, aber es störte ihn nicht weiter.

Für die nächsten Jahre würde er keine Probleme mehr mit Tachykardien und Bradykardien haben. Keine ständige Sorge, dass die alte Pumpe einfach aufgab. Das neue Herz schlug vorbildlich.

Er hatte es geschafft.

Mit seinen 38 Jahren und einem funktionierendem Herzen hatte er eine Lebenserwartung von gut achtzig Lenzen. Hermann lächelte.

Rund um ihn summten, sirrten und pfiffen allerlei Anzeigen und Geräte. Es machte ihm nichts aus.

Bevor er in den OP-Raum geschoben wurde, hatte er noch gehört, dass mehrere Transplantationen anstanden. Offensichtlich war jemand gefunden worden, dessen Organe nun bei diversen Empfängern eingesetzt werden sollten.

Hermann war dankbar.

Eine Krankenschwester betrat sein Zimmer, und sein erster Gedanke war »Geiler Arsch!«

Seinen zweiten Gedanken konnte er sich selbst nicht erklären. Der war nämlich: »Wie wird sie klingen, wenn man ihr eines dieser eigenartigen Messinstrumente in den Hals rammt?«

Dann schlief Hermann ein. Wieder lächelte er. Dieses neue Herz schenkte ihm viele Jahre eines neuen Lebens. Und eine völlig neue Energie. Er hatte Zeit.

Vaterschaft

Zum dritten Mal nimmt Silvio das Schreiben in die Hand. Dann rauft er sich die Haare und wirft das Dokument wütend auf den Glastisch zurück, auf dem auch seine Zigaretten und die Autoschlüssel liegen.

Wie kommt sie dazu, ihm so etwas zu schicken? Eine Einladung zum Vaterschaftstest. Unfassbar. Wenn die Weiber heute zu blöde zum Verhüten sind, dann suchen sie sich eben einen, der für das angesetzte Balg blutet.

Aber nicht mit ihm, denkt er sich. Nicht mit ihm. Er setzt sich an seinen Computer und googelt ihren Namen. Mit Julia Hernisch kann er sonst nichts anfangen. Wenn Angaben über ihre Körbchengröße, oder ihre Qualitäten in der Horizontalen dabei gewesen wären, könnte er sie vielleicht dem Verlauf der letzten Monate zuordnen. Aber so? Ausgeschlossen! Dafür gibt es einfach zu viele, die er jede Woche flachlegt.

Es dauert nicht lange und er findet das passende Gesicht, das hinter diesen Zeilen steckt.

Julia Hernisch schaut ihn von ihrem Facebook-Profilbild fröhlich an. Fast so fröhlich, wie sie vor ein paar Monaten strahlte, als er sie aus diesem Tanzschuppen abgeschleppt hatte. Wie kommt sie bloß auf die Idee, ausgerechnet ihm diese Schwangerschaft anzuhängen? Sie hatte doch sicherlich auch eine höhere Fluktuation in ihrem Bett als Mutter Theresa. Und wie, verdammt nochmal, kommt sie an seinen Namen?

Wieder fährt er sich mit den Fingern durchs Haar.

Vermutlich hat sie sich das Nummernschild gemerkt und war damit an den Autoverleiher gekommen. Anders kann es kaum sein. Dort muss sie irgendwie an seine Daten gelangt sein. Auf nichts ist eben Verlass.

Niemand sonst kennt ihn in dieser Gegend. Und er ist auch nicht länger in dem Laden geblieben, als es brauchte, um eines dieser Hühner abzuschleppen.

Sind doch selber schuld, wenn sie sich auf ein paar Drinks einlassen und beim Anblick eines dicken Schlittens alle guten Vorsätze verlieren.

Den Lambo zu mieten, war die beste Idee, die er in den letzten Jahren hatte. Kein Wochenende findet so ohne irgendwelche schöne junge Frauen statt. Die Investition lohnt sich. Und sein üppiges Gehalt als Versicherungsmakler wird so weniger belastet, als wenn er eine feste Freundin hätte.

Aber genau so was hier passt überhaupt nicht in seine Planung. Er beschließt den Brief vorerst wegzulegen und abzuwarten was passiert. Der Test kann ohnehin erst gemacht werden, wenn dieses unerwünschte Kind auf der Welt ist. Und bis dahin wird er ganz einfach hoffen, dass sich die Dinge auf natürlichem Wege regeln.

Die Einladung zum Vaterschaftstest kommt per Einschreiben. Der Briefkopf des Anwalts weist ihn als Fachmann in Familienrecht aus. Na super. Das Kind ist gerade mal zwei Wochen alt und sorgt schon für Scherereien. Silvio hatte nie etwas für Kinder übrig. Für dieses hier gleich mal überhaupt nicht. Es ist ihm egal, ob er der Erzeuger ist oder nicht. Er wird nicht dafür zahlen und basta!

Er muss vorgreifen. Und er weiß auch schon wie.

Mit dem Schreiben in der Hand steht er vor dem Büro der Autovermietung Höffner. Es ist ein Schuss ins Blaue, aber es ist zumindest eine Möglichkeit.

Schon mindestens zwanzig Mal hat er sich hier einen der Luxusschlitten gemietet. Die sind nicht billig, und eine ganze Stange Geld hat hier den Besitzer gewechselt.

Mit dem Eigentümer des Ladens verbindet ihn zwar keine Freundschaft, aber zumindest die Leidenschaft für schnelle und PS-starke Autos. Und sie teilen noch etwas. Nämlich ein ausgesprochen ähnliches Aussehen.

Es ist Silvio erst vor ein paar Wochen aufgefallen.

Sie beide sind knapp über dreißig und ca. 1,85 m groß. Beide haben braune Augen, kurze, fast schwarze Haare und einen gepflegten Drei-Tage-Bart. Wenn man jemanden nach einer Beschreibung fragen würde, kämen durchaus beide als Zielobjekt in Frage. Bei einer Gegenüberstellung mit der Kindsmutter könnte es zwar Probleme geben, aber damit ist ja nicht zu rechnen.

Wenn es hier nicht klappt, dann wird er sich einen anderen suchen müssen. Das wäre fatal. Aber trotzdem sicherer, als zu diesem Test zu gehen und sich als Vater von diesem Fratz zu outen.

No way! Er, Silvio Grabowski, lässt sich nicht von einer Schlampe abzocken, die er ein einziges Mal flach gelegt hat. Er nicht.

Dann steigt er aus seinem Wagen und geht durch die große Glastür in das flache Industriegebäude.

Dreißig Minuten später verlässt er die Autovermietung wieder. Seine Freiheit wird ihn ganze fünftausend Euro kosten. Ein Haufen Geld. Aber das ist es ihm wert. Thorsten Höffner, der Eigentümer des Ladens, kann sich sogar noch an diese Julia erinnern. Sie war tatsächlich damals hier aufgetaucht und hatte nach dem Wagen bzw. ihm gefragt.

Daten hat der Autovermieter ihr keine genant, aber offensichtlich ist irgendwann sein Name gefallen. Und einen Silvio Grabowski gibt es halt nicht so häufig.

Gelacht hat der Kerl und ihm sein Verständnis erklärt. Sie sei schon eine Hübsche gewesen, diese Julia. Und dann hat er eingeschlagen. Er wird ihm den Gefallen tun. Er wird zum Vaterschaftstest gehen. Mit Silvios Personalausweis und seiner Geburtsurkunde wird er sich ausweisen und mit seinem eigenen Blut und Speichel dafür sorgen, dass Silvio als Vater ausgeschlossen wird.

Sie halten ihren Deal nicht schriftlich fest. Bloß keine Beweismittel, die einem von ihnen irgendwann mal um die Ohren fliegen können.

Und Silvio ist zufrieden. So leicht trickst man einen Kerl wie ihn nicht aus.

Zwei Wochen später kommt der Umschlag der Kanzlei. Vor ein paar Monaten noch hatten sie ihm mit dieser dämlichen Schwangerschaftsmeldung die Laune verdorben. Aber jetzt werden sie zurückrudern müssen.

Silvio setzt sich hin, zündet sich eine Zigarette an und legt die Füße auf den Tisch.

Tja, da wird sich Julia einen anderen suchen müssen, der für ihren Nachwuchs aufkommt.

Thorsten hatte nach dem Test genauestens Bericht erstattet. Sowohl Ausweis als auch Geburtsurkunde wurden kopiert, sein Fingerabdruck wurde genommen und sogar ein Foto wurde angefertigt. Natürlich nur, damit man im Nachhinein auf Nummer sicher gehen könne, wenn es Unstimmigkeiten gäbe. Aber das ist in diesem Fall nun nicht zu erwarten. Das Labor hatte ja die DNA vom Autovermieter und nicht seine.

Und damit ist er raus aus der Nummer. Sich auf solche Dinge einzulassen, fordert eine Menge Risikobereitschaft. Aber, wie hat Thorsten Höffner gesagt. »No risk, no fun«.

Und recht hat er.

Ganz klar, dass dieser Betrug niemals herauskommen darf, denn dass man sich mit solchen Aktionen strafbar macht, steht außer Zweifel. Und seinen Job in der Versicherung würde er unter diesen Umständen garantiert verlieren. No risk, no fun.

Silvio kichert und verbrennt sich an seiner Zigarette fast die Hand, als er den Brief öffnet.

Und ganz, ganz sanft weicht die Freude aus seinem Gesicht, als er zu lesen beginnt.

Sehr geehrter Herr Grabowski,

herzlichen Dank für Ihre Kooperation bei dem durch unsere Mandantschaft beantragten Vaterschaftstest am 22. März. Wie Sie dem beilie-

genden Schreiben des Labors entnehmen können, wird die Wahrscheinlichkeit der Vaterschaft zu 99% beurkundet. Ihre Vaterschaft für den kleinen Christopher ist damit praktisch erwiesen.

Wir bitten nun um Auskunft zu Ihrem Einkommen, damit der monatliche Kindesunterhalt berechnet werden kann.

Die Tabelle für eine entsprechende Berechnung finden Sie anbei.

Wir verbleiben mit freundlichen Grüßen und besten Wünschen zur Vaterschaft herzlichst

Kanzlei Weber, Reiter und Kollegen.

No risk, no fun. Diese Julia hat sich auf der Suche nach seinem Namen bei Thorsten Höffner weit mehr abgeholt als seine Daten. Und er, Silvio Grabowski, wird nun für den Rest seines Lebens dafür aufkommen müssen.

Gertrud

Gertrud darf das. Gertrud darf alles. Sie ist eine der ältesten Bewohner des Pflegeheims. Ihr Zimmer liegt rechts hinten am Ende des Ganges. Für ihre sechsundneunzig Jahre ist sie verhältnismäßig rüstig. Auch wenn sie manchmal tagelang nicht aus dem Bett kommt und die Pfleger ihr bei fast allem helfen müssen.

An guten Tagen lässt sie sich mit dem Rollstuhl nach draußen auf die Terrasse fahren und bewundert im Sommer die Blumen und im Winter den Schnee auf den Beeten. Sie spricht wenig und lächelt lieb, wenn man ihr hilft. Eine richtige Oma eben. Und Gertrud genießt die Aufmerksamkeit.

Manchmal bekommt sie Besuch von ihrem Sohn und der Schwiegertochter. Heinz ist mittlerweile auch schon siebzig, und das Weibsstück, das er nach dem Krebstod seiner ersten Frau geheiratet hat, könnte auch recht zeitnah das Zeitliche segnen. Zumindest nach Gertruds Meinung. Sie konnte diese Frau mit der hellen Stimme vom ersten Tag an nicht leiden.

Manchmal kommt sie alleine und setzt sich an Gertruds Bett.

Die alte Frau tut dann so, als ob sie schliefe, und belauscht die Telefonate ihrer Schwiegertochter. Sie weiß genau, welchem Umstand die Besuche geschuldet sind. Diese Barbara will lediglich überprüfen, wie lange es noch dauert, bis Gertrud endlich ins Gras beißt. Aber das hat sie nicht vor. Noch lange nicht.

Es ist ihr sechstes Jahr in diesem Heim. Sie hatte hier viele kommen sehen. Und ebenso viele verließen die Station in schmucker Eiche. Manche vermisste sie, andere wiederum konnte man ihrer Meinung nach gar nicht tief genug vergraben.

Gertrud hat sich hübsch eingerichtet. Ein paar ihrer alten Möbel hatte sie mitnehmen dürfen. Sie war schon immer genügsam mit den Dingen, die sie umgeben.

Es ist ein ruhiger Tag gewesen. Keiner gestorben, kein Streit unter den Bewohnern, und auch die Pfleger sind entspannt. Fast zu ruhig. Für Gertrud. Das Fernsehprogramm bietet ihr nicht im Geringsten die Abwechslung, die sie sich wünscht, und sie schubst die Fernbedienung von der Decke auf den Boden. Es dauert acht Minuten, bis die Schwester kommt und sie wieder aufhebt.

Die alte Dame lächelt, und die Pflegerin lächelt zurück. Antje gehört zu den Pflegerinnen, die sie als Patientin nicht unnötig belasten mag. Antje ist herzlich, und sie kann ihre Schwiegertochter genauso wenig leiden wie sie selbst. Sehr sympathisch.

Jetzt, wo die Schwester sich davon überzeugt hat, dass es Gertrud gut geht, wird sie das Zimmer vorerst nicht mehr betreten. Und das kommt der alten Dame sehr entgegen.

Gertrud wartet noch weitere dreißig Minuten. Dann hangelt sie sich die Bedienung für das Bett heran und lässt es langsam herunterfahren. Die Bedienung ist kinderleicht, und sie beherrscht sie wortwörtlich im Schlaf.

Der obere Teil der Matratze wird nach oben gefahren, und das Fußteil senkt sich. Einen Moment noch bleibt sie sitzen. Sie ist ja nicht dumm. Sie weiß, dass ein Kreislauf über neunzig keine extravaganten Leistungen verträgt. Sie hat Zeit.

Die täglichen heimlichen Übungen im Bett halten sie fit. Es ist kein Problem, die Füße auf den Boden zu stellen und sich langsam aufzurichten.

Gertrud öffnet die Tür. Mit ihrem Stock zieht sie die Klinke herab und keilt ihren Rollstuhl zwischen Tür und Rahmen. Sie weiß, wie sie hantieren muss, um ihre Finger nicht einzuklemmen.

Es ist nach 22 Uhr. Nur noch die Nachtschicht kann ihr begegnen. Aber die ist um diese Zeit ohnehin zu beschäftigt, um Verdacht zu schöpfen. Sie blickt nach rechts und links. Weiter hinten kann sie ein grünes Licht leuchten sehen. Das heißt, die Nachtschwester ist beschäftigt. Entweder bei der alten Irmi oder bei der irren Helga. Die beiden teilen sich eines der Zimmer, und Irmi tut Gertrud ein bisschen leid. Die irre Helga schreit immer herum, wenn sie etwas nicht sofort bekommt. Sie kann sich nicht mehr ordentlich bewegen, und sprechen kann sie auch nicht mehr richtig.

Ein Schlaganfall zu viel. Pech. Dementsprechend ist sie ständig auf Hilfe angewiesen. Manchmal, wenn keiner schaut, schiebt Gertrud das Essen von Helga um ein paar Zentimeter nach vorne. Dann kommt die Alte nicht mehr an ihren Pudding oder den Kuchen, und es gibt ein Mordsgezeter. Gertrud sitzt dann immer nur da und lächelt. Und wenn ein Pfleger kommt und mit Helga schimpft, dann zuckt sie mit der Schulter und schüttelt mitleidig mit dem Kopf. Keiner mag Helga. Aber alle mögen Gertrud. Daran besteht kein Zweifel.

Niemand wird sie sehen, wenn sie die Station verlässt. Leise schiebt sie ihren Rollstuhl vorwärts. Kurz vor der Tür zur Halle hebt sie sich vorsichtig, aber ohne zu zögern, aus ihrem Rollstuhl und greift nach dem Rollator, der vor der Tür des schönen Heinrich steht. Heinrich war in der Tat ein schöner Mann. Mit seinen 80 Jahren noch jung und knackig, aber leider schon ein bisschen angegriffen. Bei Männern schlägt das Alter wohl etwas ungnädiger zu als bei den Damen.

Es ist nicht so, dass Gertrud den Rollator unbedingt benötigt, aber er ist ein moderates Zeichen für eventuelle Gebrechen, und Menschen reagieren freundlicher. Außerdem würde es als Wunder gelten, wie gut die alte Dame noch zu Fuß ist.

Um diese Zeit ist die große Tür nach draußen wie immer verschlossen. Man muss klingeln, wenn man raus will. Oder einen fünfstelligen Zahlencode eingeben. Jeden Monat wird der Code gewechselt. Aber jetzt ist erst der 11. August, und Gertrud hat oft genug in ihrem Rollstuhl neben der Tür gesessen, wenn die Pfleger die Zahlen eingaben. Sie ist alt, aber nicht blöd. Als sich die Tür öffnet, schaut sie sich nach beiden Seiten um und schleicht dann über den Flur hinaus an die frische Luft.

Sie richtet sich ein wenig auf und streckt ihre Arme kurz zu beiden Seiten.

Es ist Zeit für ein bisschen Spaß. Und dafür will Gertrud jetzt sorgen.

Ihr erstes Ziel sind die geparkten Autos auf der gegenüberliegenden Straßenseite. Sie kann die Parkplätze und die Reihenhäuser von ihrem Zimmer aus einblicken.

Der Streit zwischen dem Kadett-Fahrer und der Besitzerin des Mercedes-Benz gilt schon länger als legendär unter den Heimbewohnern. Beide versuchen regelmäßig, dem anderen den Parkplatz vorm Haus wegzuschnappen. Und wenn sie gleichzeitig dort ankommen, gibt es zu allen Zeiten ein unterhaltsames Geschrei.

In den letzten Tagen haben die Streitereien etwas nachgelassen. Es ist geradezu langweilig friedlich geworden.

Dieser Ruhe will Gertrud gerne abhelfen. Sie greift nach dem abgebrochenen Flaschenhals, den sie in der Mülltonne vor dem Heim gefunden hat.

Was für ein wunderbarer Zufall. Sie hätte sich sonst mit einem Stein helfen müssen. Dann schlendert sie mit dem Rollator vom Heck bis zur Kühlerhaube des Benz und dekoriert den Wagen auf dem begehrten Parkplatz mit einer wellenförmigen Schramme über die volle Länge.

Auf die Fahrerseite ritzt sie noch ein »Nr. 1«.

Ein Blick in alle Richtungen lässt sie lächeln. Niemand hat sie bei der Fertigung ihres Kunstwerks beobachtet. Sie wird morgen etwas früher klingeln. So dass die Pfleger ihr Fenster öffnen und sie nichts vom Ergebnis verpasst.

Dann geht Gertrud weiter. Seitdem sie im Heim den neuen Gebisskleber benutzen, kann sie wieder pfeifen, ohne dass ihre Zähne verloren gehen. Und so pfeift sie leise vor sich hin.

Die kaputte Flasche wirft sie in den Garten am Eck. Genau dort hatte sie im Frühling ein Kaninchen befreit.

Die Besitzer hatten das Haustier im gesicherten Garten herumspringen lassen. Auch nachts. Gertrud lockte es an und hob es mit dem am

Rollator hängenden Stock aus dem Garten. Im Korb deckte sie es ab. Und am jungen Maisfeld entließ sie es dann in die freie Natur. Das Kaninchen war aber offensichtlich zu blöd. Anstatt ins Maisfeld zu rennen und sich über den fehlenden Zaun zu freuen, sprang es in die andere Richtung und rannte geradewegs auf die Straße. Es war einfach zu dämlich, aber der Nager kam unter das einzige Auto, das Gertrud in dieser Nacht hatte fahren sehen. Sie fand es schade, aber andererseits freute sie sich auch. Das Kaninchen verstarb wenigstens in Freiheit. War ja auch etwas Gutes. Gertrud beschloss damals trotzdem, keine weiteren Tiere mehr zu retten.

Ein Ball, den sie in einem der Vorgärten findet, bringt sie auf eine tolle Idee. Er passt vorzüglich in den Korb des Rollators. Gertrud geht weiter. Sie wird jetzt ein kleines bisschen Geduld haben müssen, aber das ist kein Problem. Sie ist ja gerade erst knappe fünfzehn Minuten unterwegs, und die Nachtluft tut ihr außerordentlich gut.

In dem Hauseingang, in dem sich Gertrud verbirgt, riecht es ein bisschen muffig.

Sie schaut sich um, ob nicht irgendein Penner unter Zeitungen liegt. Vor einem Penner oder Anwohnern selbst hat sie keine Angst, aber sie möchte jetzt nicht unbedingt gesehen werden.

Leute neigen dazu, alte Menschen um diese Uhrzeit für verwirrt zu halten. Dann würden sie die Polizei rufen und sie zurück ins Heim bringen. Manchen Patienten hat das schon das Leben gerettet.

Ihr würde das heute nur die Tour versauen.

Gertrud muss nicht lange warten. Vielleicht fünf oder zehn Minuten. Die Straße ist um diese Zeit nicht sehr befahren. Eigentlich eine gute Sache.

Ihr Gehör hat nicht halb so stark nachgelassen, wie sie die Leute im Pflegeheim glauben lässt. Es ist lediglich ganz brauchbar, hin und wieder etwas zu überhören, wenn man kann. Taubheit spielt sich leichter mit einem guten Gehör als andersherum.

Der Wagen klingt verhältnismäßig laut. Er ist ganz sicher schneller als die erlaubten dreißig Stundenkilometer. Das macht die ganze Sache noch erfreulicher. Gertrud geht einen Schritt nach vorne. Hier kann sie besser sehen, ohne gesehen zu werden. Als der Wagen vorne an der Querstraße ist, hebt sie den Kinderball aus dem Korb und hält ihn hüfthoch vor sich. Sie kichert. Sie liebt Ballspiele. Schon immer.

Sie zählt bis drei und wirft das Spielzeug über den Gehweg hinweg auf die Straße.

Die Wahrscheinlichkeit, dass um diese Zeit noch ein spielendes Kind folgt, ist ausgesprochen gering. Aber um das zu begreifen, braucht es einen Moment. Der Fahrer begreift es nicht. Er reißt das Steuer nach rechts und kracht gegen den Baum vor der Bäckerei. Es ist wohl ein Taxi, erkennt Gertrud noch und wendet sich kichernd um. Dann geht sie zwischen den Häusern hindurch wieder in Richtung Altenheim. Sie hört den Fahrer noch aus dem Auto steigen und in ein Funkgerät sprechen. Aber das ist ihr egal. Sie hat für heute genug Unterhaltung gehabt. Jetzt geht es wieder ins Bett.

Auch beim Betreten des Heimes läuft ihr niemand über den Weg. Ihr Rollstuhl steht noch vor Heinrichs Zimmer, und Gertrud lässt sich in den Sitz fallen. Sie schiebt den Rollator zurück in seine Ausgangsposition und greift nach den Rädern an der Seite. Ganz weit hinten hört sie noch die Nachtschwester reden. Weit genug weg. Fünf Minuten später liegt die alte Dame wieder in ihrem Bett. Unter der Laterne kann sie den schwarzen Mercedes stehen sehen. Von hier aus sieht er ganz in Ordnung aus. Aber von hier aus sehen ohnehin viele Dinge ganz anders aus. Gertrud lächelt. Was für ein Spaß. Und dann schläft sie ein.

Gut aufgehoben

Theresa parkte ihren Wagen auf dem großen Besucherparkplatz. Das Navi hatte sie problemlos hierher geführt. Aber sie fühlte sich, als sei sie irgendwo, wo sie gar nicht hinwollte. Sie hatte Bella seit mehr als acht Jahren nicht gesehen. Früher waren sie unzertrennlich. Sie galten überall als das doppelte Lottchen, obwohl sie gar nicht miteinander verwandt waren. Beide absolvierten ihr Studium mit Bravour und galten als extrem begabt.

Sie waren beste Freundinnen, und alle glaubten, das würde auch für den Rest ihres Lebens so bleiben.

Dann heiratete Bella ihren Anton, und Theresa verlobte sich mit Carlo. Die Distanz zwischen München und Madrid war zu groß für ihre Freundschaft. Und so ergab es sich, dass man anfangs noch stundenlang besprach, dass man sich bald wieder mal treffen müsse. Und es endete mit sporadischen Glückwunschkarten und Emails.

Theresa bekam in Spanien nicht mit, wie die Ehe von Bella scheiterte, Anton zu trinken begann und der Hass zwischen den beiden unerwartet ausuferte.

Als die Anrufe von Bella kamen, freute sich Theresa, die Stimme ihrer Freundin zu hören. Als sie aber erfuhr, wo sie war und was mit ihr passierte, trieb es ihr eine Gänsehaut über den Körper.

Wie konnte es nur so weit kommen? Es war egal! Sie mussten sich sehen. Und so folgte Theresa Bellas Bitte um einen Besuch.

Die Freude in Bellas Stimme, als sie ihr sagte, sie wolle kommen, bereitete ihr ein warmes Gefühl.

Es war egal, was in der Zwischenzeit passiert war. Irgendwie gehörten sie immer noch zusammen. Standen füreinander ein. Und Theresa begann sich auf ihren Besuch zu freuen.

Aber jetzt, wo sie vor diesem großen, weitläufigen Komplex stand, überfielen sie Zweifel. Sie holte die Reisetasche aus ihrem Kofferraum.

Bella hatte genau gesagt, was sie sich wünschte. Was sie brauchte. Dort, an diesem grauenhaften Ort. Und Theresa hatte gewissenhaft alles besorgt und eingepackt.

Irgendwie hatte sie auch Verständnis dafür, dass man gerade hier nicht den Rest seiner Identität verfallen lassen wollte. Jede Frau wollte irgendwie schön oder zumindest sie selbst sein. Egal wie schlimm das Umfeld oder ihre Situation war. Und dementsprechend hatte Theresa an alles gedacht. Einen Kamm ohne Stiel, etwas Make up und Lippenstift. Wimperntusche und Nagellack. Theresa konnte Bella verstehen, aber sie wusste nicht, wie sie sich verhalten sollte. Sie war schließlich zum ersten Mal auf so einem Gelände.

Mit der Tasche ging sie zum Empfang und fragte nach Bellas Zimmer. Die Frau hinter der Glasscheibe suchte im Computer und ließ sich den Namen buchstabieren. Erst dann fand sie Bella im System. Sie nannte Theresa die Nummer des Gebäudes und erklärte, wie sie da hinkäme.

Sie sollte den linken Weg einschlagen und die Häuser A, B und C passieren. Dann käme nach etwa hundert Metern das Haus D. Dort müsse sie klingeln.

Und Theresa lief los.

Der Park sah gar nicht so besorgniserregend aus. Es konnte auch ein Studentenheim sein oder ein Krankenhaus. Wenn sie sich nur genug Mut zusprach, dann hatte sie kaum noch dieses eigenartige Gefühl, das diese Anlage ausstrahlte.

Überall standen Bäume, und Menschen liefen herum. Es konnte so schlimm nicht sein. Sie konnte ja selbst kaum zwischen Patienten, Besuchern und Ärzten unterscheiden. Etwas weiter hinten konnte sie Autos fahren hören und sehen. Es war alles ganz normal.

So normal, wie es eben sein konnte.

Auf dem Gelände des Zentrums für Psychiatrie und Psychologie.

Als sie das Haus D erreichte, überlief sie erneut ein Schauer.

Hier sollte Bella leben? Schon seit fast einem Jahr?

Das Gebäude zog sich über drei Stockwerke. Links von der Tür zählte sie drei Fensterreihen. Jeweils elf Fenster. Auf der rechten Seite zählte sie sechs Fenster in Dreierreihen übereinander. Dort endete das Gebäude in einer Art Wintergarten, der sich über alle Geschosse zog.

Die Tasche über ihrem Arm fühlte sich an, als enthielte sie Bleigewichte. Theresa atmete tief ein und legte ihre Hand auf den Türgriff. So schlimm konnte es nicht sein. Bella war hier. Ihre Bella. Sie sollte sich freuen. Und dann schob sie die Tür auf und ging nach oben. Hoch in den ersten Stock der geschlossenen Abteilung.

Sie erkannte sie nicht gleich. Sie war schmaler geworden. Aber das Gesicht war noch eindeutig Bella.

Sie stand hinter der verschlossenen Glastür und winkte mit beiden Armen. Einen Moment erschrak sich Theresa. Es war ihr erster Besuch hier in der Psychiatrie. Und es würden ab jetzt vermutlich mehrere Besuche folgen. Bella freute sich zu sehr, als dass sie ihr hätte sagen können, dass sie diesen Weg nicht häufiger auf sich nehmen wolle. Theresa schob an der Tür, aber sie ließ sich nicht öffnen.

»Natürlich kannst du die Tür nicht öffnen, du dumme Nuss«, ärgerte sie sich über sich selbst. Das hier ist die geschlossene Abteilung. Wenn hier jeder rein und raus könnte, wie er gerne wollte, dann wäre die Station vermutlich binnen weniger Minuten leer.

Sie legte die linke Hand an die Scheibe und klingelte mit der rechten. Als sie wieder aufschaute sah sie, dass Bella ihre Handfläche an der Stelle an das Glas presste, wo ihre eigene Hand die Scheibe berührte.

Bei dem Anblick ihrer Freundin wollte sie nur noch hinein. Egal, wie es dort war. Sie musste ihre Freundin in die Arme schließen. Es hätte alles nie so weit kommen dürfen.

»Sie können nicht so lange bleiben. Nachher kommen die Kollegen aus Haus C und holen die Bella rüber. Sie zieht um.«

Die Pflegerin kontrollierte den Inhalt von Theresas mitgebrachter Tasche und sortierte eine kleine Flasche Prosecco und ein Paar Turnschuhe mit Schnürsenkeln aus.

Theresa fragte, ob Alkohol generell verboten sei. Und die Pflegerin antwortete, dass es weniger darum ging, dass sie Prosecco bei sich hatte, als darum, dass die Flasche aus Glas sei. Glas war verboten. Es bot zu leicht die Möglichkeit, es zu zerschlagen und sich damit die Pulsadern aufzuschneiden.

Warum die Schnürsenkel aussortiert wurden, brauchte Theresa dementsprechend gar nicht mehr zu fragen. Bella stand in dieser Zeit nur neben ihr, schaute auf den Boden und sagte nichts.

»Ist Haus C auch eine...« Theresa mochte gar nicht weitersprechen.

»Ja. Die C ist ebenfalls geschlossen. Bella kann noch nicht alleine sein. Nicht wahr Bellilein? Du magst schon, dass wir uns um dich kümmern?«

Theresa wurde bei der Anrede »Bellilein« schlecht. Ihre Bella. Abitur mit 1,0. Studium mit Auszeichnung. Und nun wurde sie von der am ganzen Körper tätowierten Pflegerin einer Klapsmühle »Bellilein« genannt. Es war grauenhaft.

»Mach es gut, Hübsche! Ich bin jetzt erst einmal ein paar Tage in Urlaub. Ich komme dich dann irgendwann mal auf der C besuchen.«

Theresa schloss einen Moment die Augen. Die Stimme der Pflegerin ließ klar und deutlich verstehen, dass - wenn Bella erst einmal von dieser Station weg wäre – irgendeine andere, eine wirklich Irre ihren Platz hier einnehmen würde. Wobei – was heißt wirklich Irre? Wie viel von ihrer Bella war denn überhaupt noch übrig?

Die beiden Frauen gingen auf das Krankenzimmer, das Bella sich mit einer anderen Frau teilte.

Auf einem Foto, das am Schrank klebte, zeigte Bella ihrer Freundin, wer ihre Mitbewohnerin war.

Die Frau war über sechzig und hieß Nadine. Sie glaubte, sie sei erst dreizehn und sprach und verhielt sich auch so. Die Gründe hierfür lagen in den Dingen, die ihr mit dreizehn zugestoßen waren. Missbraucht zu werden und dann zu erleben, wie der eigene Vater versuchte seine Frau und seine beiden Kinder im eigenen Haus zu verbrennen, hinterlässt bei dem einen nur Brandwunden. Bei dem anderen hinterlässt es einen gewaltigen Sprung in der Schüssel.

Dann erzählte sie Theresa davon, wie sie damals in Depressionen verfiel. Mit Hilfe befreundeter Psychologen gelang es Anton, seine Noch-Ehefrau während eines depressiven Schubs einweisen zu lassen. Mit Emails, in denen Bella ihren eigenen Suizid ankündigte, gelang es ihm, sie in die geschlossene Abteilung verlegen zu lassen. Und da war sie nun. Hier inmitten der Irren, die die Wände mit ihren Exkrementen beschmierten und die ganze Zeit irgendwelche Dinge riefen, die Theresa nicht verstehen konnte. In der Psychiatrie.

Während Bella erzählte, taten sie das, was sie schon früher gerne taten. Sie frisierten und schminkten sich. Vielmehr frisierte und schminkte Theresa Bella.

Ihr Haar war zwar frisch gewaschen, aber erst als sie es mit einem Gummiband hochschlug, war wieder das hübsche Gesicht ihrer Freundin zu erkennen. Dann deckte sie die Augenringe ihrer Freundin mit Abdeckcreme ab und streifte ein wenig Rouge auf ihre Wangen. Sie musste lächeln. Es war ein bisschen so wie früher. Früher, als sie noch das doppelte Lottchen waren.

Bevor Theresa den Lippenstift auftrug, holte Bella zwei Plastikbecher aus dem Regal. Aus einer Kunststoffkaraffe schenkte sie Wasser ein und sagte: «Lass uns glauben, es sei Champagner. Wir müssen uns feiern. So wie damals.» Dann reichte sie Theresa einen der Becher. Sie stießen miteinander an und lachten. Ja. So wie früher.

Bella begann zu weinen.

»Nicht, Liebes. So verschmiert doch gleich alles wieder.« Theresa drückte Bella einen Kuss auf die Stirn. Aber die blickte sie nur mit großen Augen an.

»Es tut mir so leid. So leid. Ich hab dich so lieb.«

Theresa setzte sich aufs Bett. »Es ist doch alles in Ordnung, Liebes. Es muss dir nichts leid tun. Ich bin da und werde dich jetzt so oft es geht besuchen kommen.«

Aus dem Fenster konnte sie sehen, wie die Pflegerin draußen in einen Wagen stieg und aus dem gegenüberliegenden Haus zwei Männer in Richtung Haus D liefen. Waren das Patienten? Oder doch Pfleger? Sie wurde müde.

»Es tut mir so leid. So leid.« Bella hatte aufgehört zu weinen und stand nun vor ihr.

Was passierte gerade? Sie wollte aufstehen, aber ihre Beine versagten. Sie war müde und wollte schlafen. Sie legte sich zur Seite. Nur einen Moment schlafen. Dann würde sie wieder gehen. Ihr Flug nach Hause würde in wenigen Stunden starten. Was war bloß mit ihr los?

»Es tut mir so leid. So leid.« Bella stand über ihr.

Mit festen, aber ruhigen Schritten lief sie über den Kiesweg. Die Pfleger der Abendschicht hatten ihr die Tür geöffnet. Sie hatte den Besucheraufkleber von ihrem Pullover gezogen und durch das Glasfenster zurückgegeben. Dann verabschiedete sie sich auch bei ihnen mit einem »Leben Sie wohl.« Die Treppe hinab konnte sie mit den Tränen in den Augen gerade noch bewältigen. Was für ein grauenhaftes Gebäude. Was für eine abstoßende Anlage, und was für schreckliche Menschen. Sie wusste, dass es über ihre Kräfte ging, noch einmal herzukommen. Egal, was sie ihrer Freundin versprochen hatte. Sie wollte nur noch hier raus. Weg von hier. Es war schlimmer als ihr schlimmster Alptraum.

Und so ging sie weiter und weiter. Sie überquerte den Parkplatz, ohne auch nur nach dem kleinen Sixt-BMW zu sehen. Sie hatte nichts außer der Handtasche bei sich. Und sie würde auch nichts weiter brauchen. Jeder Meter, den sie zwischen sich und diese pastellfarbenen Gebäude brachte, ließen sie wieder besser atmen. Gleich hinter der Bäckerei stieg sie in einen Bus. Und sie drehte sich nicht ein einziges Mal um.

Als Theresa aufwachte, standen zwei junge Männer vor ihrem Bett. Sie brauchte einen Moment. Dann wusste sie wieder, dass es die beiden Männer waren, die sie vor Bellas Fenster gesehen hatte. Es waren offensichtlich tatsächlich Pfleger. Theresa wollte sich aufrichten.

Bella? Wo war Bella?

Sie schaute von einem Pfleger zum anderen. Warum hatte sie geschlafen? Wo war ihre Freundin?

»Um Gottes Willen, schon so spät. Ich muss los.« Theresa setzte sich auf den Bettrand. Einer der Pfleger half ihr dabei, indem er ihren Arm hielt.

»Ach komm. Wir haben es doch nicht eilig.«

»Doch. Um 20.30 Uhr geht mein Flieger. Ich muss wirklich los.«

Die beiden Männer schauten sich an. Ihre Blicke sagten, dass sie Ähnliches schon häufiger gehört hatten. Aber ihr Griff zeigte, dass sie nicht weiter darauf eingehen würden.

»Wir gehen doch nur nach nebenan. Da brauchen wir keinen Flieger. Aber wenn es dir lieber ist, Bella, dann fliegen wir halt rüber.«

Theresa schaute an sich herab. Sie trug Bellas Anstaltskleidung. Sogar ihre Socken hatte sie an. Von Bella selbst war keine Spur zu sehen.

Im Bett gegenüber saß Nadine und wippte vor und zurück.

Theresa wollte aufspringen. »Hey, du, du da. Sag ihnen bitte, dass ich nicht Bella bin. Ich bin Theresa Dante. Ich bin hier nur zu Besuch!«

Die Frau auf dem anderen Bett schaute nur kurz herüber.

»Bella« hauchte sie. Dann wippte sie weiter vor und zurück.

»Siehst du, Bella. Und Nadine muss es wissen. Ihr teilt euch doch schon so lange dieses Zimmer, hab ich gehört. Und nun verabschiede dich von deiner Freundin. Wir gehen jetzt in dein neues Zuhause.«

Theresas Schrei war nur einer von vielen, die die Pfleger schon gehört hatten. Es war auch nicht Theresas letzter. Bella hatte auch ihr Telefon mit sich genommen.

Niemand wusste wo sie war. Niemand außer Bella. Und hierher zurückzukommen war das Letzte, was sie von ihrer Freundin zu erwarten hatte. Sie würde sich gut überlegen müssen, wie sie dieses Gelände jemals wieder verlassen könnte. Sie würden ihr hier viel Zeit geben, um darüber nachzudenken. Sie war ein Teil des doppelten Lottchens. Der Teil, der zurückblieb. Und jetzt konnte sie erst mal nicht aufhören zu schreien.

Das Testament

Die Zufahrt zum Haus war fast einhundertfünfzig Meter lang. Das Tor am Eingang riesig und geschwungen. Er war hier schon unzählige Male hindurchgefahren. Immer mit dieser gewissen Vorfreude. Denn sein Mandant war der charmanteste und gebildetste Mensch, den er kannte.

In den mehr als zwanzig Jahren, in denen er als Notar für die wirklich Wichtigen der Region tätig war, hatte er nie einen Menschen wie ihn kennengelernt. Professor Gregor Heimstetten stellte seinen Audi neben dem Bentley des Hausherrn ab. Dann ging er über die Stufen an der Hausseite hinüber auf die Terrasse.

Zu diesem Zeitpunkt wusste niemand, dass ihnen nur noch ein Jahr für diese Besprechungen blieb.

Fast stieß er mit der jungen Brünetten zusammen, die lachend die Terrasse verließ. Wenige Augenblicke später sah der Notar, wie die Frau das Grundstück mit einem der kleinen Sportwagen verließ, die auf dem Parkplatz auf der Nordseite des Hauses standen.

Gerome Bourg hatte eine Vorliebe für junges Gemüse. Schon seitdem er ihn kannte.

Sein Mandant stand mit dem Rücken zu ihm. Der weiße Anzug und der helle Hut waren sein Markenzeichen. Mit allem anderen hätte er vermutlich sogar verkleidet gewirkt.

Heute war nichts Wichtiges zu besprechen. Ein bisschen Smalltalk und Abtasten der derzeitigen Verbindlichkeiten.

Bourg wusste, dass er für diese Zeit nicht den vollen Honorarsatz vergelten musste, und dennoch überwies er stets das vollständige Salär für die ganzen drei Stunden.

Ihre Gespräche kreisten um die täglichen Nachrichten, Immobilien die zum Verkauf standen, und vor allen Dingen über die Vorzüge junger Gesellschaft.

Nie sprachen sie über Krankheiten oder Trauerfälle. Die Stunden am See waren die schönsten, die Professor Heimstetten in seiner Berufslaufbahn erlebt hatte.

Keiner seiner Klienten verfügte über einen so hohen Intellekt und bodenständige, edle Umgangsformen wie Gerome Bourg. Und keiner war auch nur annähernd so wohlhabend wie er.

Sein Alltag hatte eine klare Struktur, und seine Wochentage unterlagen einer klaren Regelung. Und jeder seiner Tage begann um 5.30 Uhr am Morgen. Sommer wie Winter.

Trotz seiner weit über 70 Lebensjahre verfügte er über eine hohe Attraktivität bei den jungen Frauen. Bei den wenigsten allerdings war hierbei seine Intelligenz der Grund, der die jungen Dinger fesselte.

Gerome Bourgs scharfer Verstand war auch in seinem Alltag essentiell. Denn bei seiner täglichen Logistik waren Genauigkeit und das Vermeiden von Zufällen von hoher Priorität.

Paul, der Butler, der schon seit mehr als zehn Jahren an seiner Seite stand, ergänzte das System in dem der alte Herr lebte. Er erinnerte ihn an Geburtstage oder andere wichtige Termine.

Und genau jetzt brachte dieser wunderbare, diskrete, großgewachsene Mann dem Notar einen Cognac. Einen Remy Martin Louis XIII. Das Edelste, was Professor Gregor Heimstetten an Cognac je genießen durfte.

Gerome starb am ersten Sonntag im Juli. Zwei Stunden nach dem Mittagessen fand ihn sein Butler im Wintergarten. Dort saß er auf seinem Liegestuhl und lächelte.

Er lächelte, aber er atmete nicht mehr. So, wie er es seinem Dienstherren versprochen hatte, rief der Butler nicht sofort den Arzt, sondern räumte erst die abgebrannten Zigarren und den herabgefallenen Cognacschwenker fort.

Dann fühlte er ein weiteres Mal nach dem Puls. Der Körper begann bereits zu erkalten und ließ keinen Zweifel. Gerome Bourg hatte seine letzte Zigarre geraucht. Der Arzt konnte gerufen werden, um den Totenschein auszustellen.

Paul verbeugte sich kurz und ging dann ins Haus. Das Telefon stand im Flur, und die Nummer des Hausarztes war in der Kurzwahl gespeichert. Der Arzt würde kommen. Und der Bestatter auch. Die Zeit in der Villa würde für ihn, die gute Seele im Leben des Hausherren, ein Ende haben. Mit seinem Zeugnis stünden ihm aber alle Türen offen. Gerome Bourg hatte vorgesorgt. Auch für ihn.

Der Raum ist hell, und der Tag ist sonnig. Auf dem Tisch des Testamentsvollstreckers steht das Foto von Gerome. Er trägt seinen Hut und sein verschmitztes Lächeln.

Neben dem Bilderrahmen liegen fünf Briefumschläge. Jeder trägt einen Namen.

Noch bevor er die Tür öffnet, lockert Professor Gregor Heimstetten seine Krawatte. Der Notar ahnt, was jetzt kommen wird. Im besten Fall wird es geringfügige, verbale Auseinandersetzungen geben, und im schlimmsten Fall wird er die Männer der Security rufen müssen, die extra für diesen Tag vor Ort sind.

Kaum hat er die Klinke in der Hand, stürmt eine aufgebrachte Brünette herein. Sie ist bestenfalls zweiundzwanzig und spricht schnell und hektisch auf ihn ein. Ihr spanischer Dialekt und ihr Temperament verraten sie gleich. Das muss eindeutig Marisol sein. Heimstetten macht einen Haken auf die Liste, die an seinem Platz hinter dem Schreibtisch liegt. Gleich hinter dem Wort »Dienstag«.

Als nächstes stürmt »Freitag« in das Zimmer. Ihr blondes langes Haar trägt sie zu einem Pferdeschwanz gebunden. Es folgt ein weiterer Haken bei Eva.

Noch vor einem »Guten Morgen«-Gruß fragt sie aufgebracht, was denn die ganzen anderen Frauen hier sollen.

Heimstetten setzt sich auf seinen Lederstuhl. Die Lehne knarzt, und an dem Klopfen hinter seinen Schläfen spürt er, dass er das Gebäude heute nicht ohne Kopfschmerzen verlassen wird.

Mit »die ganzen anderen Frauen« meint sie zweifellos die beiden Frauen, die er somit als Montag und Donnerstag abhaken kann.

Mit seinem Montblanc Füller zieht der Notar beruhigende kleine Kreise auf einem Blatt Papier.

Wo hat der alte Mann nur die Kraft für all diese Frauen hergenommen. Alle voller jugendlicher Energie. Keine über fünfundzwanzig. Er selbst sähe sich schon mit einer von ihnen vollständig überfordert.

Als letzte und mit laszivem Schritt betritt eine große, schlanke Blondine das Zimmer. Offensichtlich »Mittwoch«.

Heimstetten löst unauffällig den oberen Knopf seines Hemdes. Bei dem Anblick bleibt ihm die Luft weg. Der Alte war bei der Auswahl seiner Gespielinnen unschlagbar.

Freitag stöhnt auf und schlägt sich die Hand vor die Stirn.

»Noch eine? Was soll das? Das können doch nicht alles Großcousinen von meinem Gerry sein.«

Von einem Moment zum anderen bricht ein lauter Tumult in dem Raum aus. Die Frauen springen von ihren Stühlen und beginnen sich zu beschimpfen.

Der Notar hat seine Finger schon auf dem Notruf-Knopf. Dann entschließt er sich, etwas abzuwarten.

Mit der flachen Hand schlägt er mehrmals auf die Tischplatte.

»Meine Damen. Meine Damen, bitte!«

Wie in einer Mittelschulklasse setzt langsam eine ungeduldige, erwartende Ruhe ein. Montag, Dienstag, Mittwoch und Donnerstag setzen sich wieder hin.

»Bitte. Ich bitte Sie. Bewahren sie Contenance und Anstand.«

»Mit Anstand habe ich kein Problem. Aber das mit dem Contedings können meinetwegen die anderen machen.«

Jetzt setzt sich auch die Freitags-Dame und schlägt nervös die Beine übereinander.

Bei allen Ansprüchen an Optik, hat der alte Gerome offensichtlich nicht ganz so viel auf eine Grundausstattung an Bildung geachtet.

Aber das ließ sich ja nun ändern. Der Notar schmunzelt in sich hinein.

Mit dem handschriftlich verfassten Testament in den Fingern steht er langsam auf und lehnt sich von vorne an seinen Schreibtisch.

In der Regel verkündet er diese Dinge im Sitzen, aber aus gegebenem Anlass möchte er im wahrsten Sinne des Wortes einen Überblick über die fünf Frauen in seinem Büro haben.

Kurz öffnet sich nochmal die Tür und alle schauen auf.

Heimstetten glaubt einen Moment, dass sein Mandant ihm womöglich noch zwei Wochenend-Damen unterschlagen haben könnte. Aber es ist nur ein junger Mann, der fragend in den Raum schaut und durch eine hektische Handbewegung vom blonden Freitag wieder verscheucht wird.

»Nun gut. Wie wir alle wissen, ist vor zwei Wochen der von uns allen geschätzte Gerome Bourg von uns gegangen.«

Er blickt in die Runde und sieht in fünf aufgerissene und ungeduldige Augenpaare. Das kann ja heiter werden.

»Und wie wir wissen, hinterlässt Gerome keine Hinterbliebenen.«

»Doch mich!« Die Donnerstags-Frau springt auf und zeigt auf, wie bei einer mündlichen Abfrage in der Grundschule.

»So, so... und sie sind?« Es ist nicht so, dass er nicht genau weiß, um wen es sich bei der Dame handelt, aber dieses bisschen Unterhaltung will er sich dann nun doch gönnen.

»Ich bin Carola Menges. Seine Großcousine.«

Die anderen vier Frauen brechen in Lachen aus.

»Hast du es noch nicht gemerkt, Blondie? Wir sind offensichtlich alle seine Großcousinen. Und für jede von uns hatte er nur einen Tag in der Woche Zeit. Respekt Gerome, Respekt.« Mittwoch schlägt die Beine in der anderen Richtung übereinander und schaut kontrollierend auf ihre rotlackierten Nägel.

Ganz offensichtlich ist diese Dame wenigstens nicht ganz so begriffsstutzig wie die anderen.

»Können Sie die Verwandtschaft in irgendeiner Form nachweisen, Frau Menges?«

Der Notar lächelt und geht nicht weiter auf den Kommentar von Mittwoch ein.

Die Frau mit dem blonden Bob und dem naiven Gesicht setzt sich langsam wieder, schüttelt den Kopf und legt ihre Hände in den Schoß.

»Es ist nur, weil er das den anderen Leuten immer gesagt hat.«

»Nun denn. Dann möchte ich Ihnen nicht weiter vorenthalten, was der liebe, leider verblichene Gerome Ihnen mitzuteilen hat.«

Heimstetten hebt das Papier in seiner Hand, als ihm die Frau, mit der sich sein Mandant immer nur montags vergnügte, ins Wort fällt.

»Er hat mir versprochen, dass ich in seinem Testament stehe. Das hat er mir versprochen. Das Geld steht mir zu. Ich weiß es genau. Er hat es nämlich wörtlich versprochen.«

Heimstetten verdreht die Augen.

»Liebe Frau Seefeld. Herr Bourg hat ihnen versprochen, sie in seinem Testament zu erwähnen, und selbiges hat er auch getan. Wenn Sie mir jetzt die Möglichkeit geben, dann werde ich Sie nun auch informieren, in welcher Form er Sie bedacht hat.«

Schlagartig kehrt Stille ein und der Notar kostet diesen Moment ein wenig aus.

»Also ich trage Ihnen nun Gerome Bourgs letzten Willen vor. Und seien Sie gewiss, dass jede von Ihnen in gleicher Höhe gewürdigt wird.«

Er atmet noch einmal durch.

»Liebe Carina, liebe Marisol, liebe Stephanie, liebe Carola und liebe Eva.«

Bei der Erwähnung ihrer Namen, nehmen die Frauen jeweils ein bisschen Haltung an, und ihre Aufmerksamkeit ist spürbar.

»Ihr werdet Euch nun sicher wundern, dass Ihr nicht alleine hier sitzt, aber ich bin ein alter Mann, und jede von Euch hat mein Leben auf ihre Art gewürzt. Verzeiht bitte, dass es die anderen Frauen gab, aber auch ich habe Euch Euer Leben zugestanden. Selbstverständlich habe ich von Euren Freunden, Verlobten und Partnern gewusst. Aber für mich war es gut, wie es war.«

Die Frauen schauen ein wenig beschämt hin und her. Und als sich wieder die Tür öffnet und der junge Mann von vorhin hereinschaut, rufen fünf Frauen gleichzeitig »Raus!«.

»Jede von Euch ist ein wunderbarer Mensch mit wunderbaren Qualitäten, aber eines habt ihr gemeinsam und deswegen seid Ihr heute alle hier. Mein werter Freund Herr Professor Gregor Heimstetten,« Der Notar zögert kurz, lächelt und liest weiter.

»wird gleich jeder von Euch einen Umschlag überreichen. Ihr werdet alle einen Scheck in Höhe von einhunderttausend Euro erhalten.« Der Notar zögert wieder und lässt die freudige oder unzufriedene Unruhe im Raum erst wieder abebben, bevor er weiter liest.

»Allerdings wird diese Zuwendung erst nach einem Abschluss am Ausbildungszentrum für junge Frauen ausgezahlt.

Um es kurz zu machen: Ich habe meine Mittel einem Institut zur Verfügung gestellt, welches jungen Frauen wie Euch helfen soll. Kein junges Leben sollte sich darauf verlassen, dass Jugend und Schönheit alleine reichen. Ich wünsche Euch ein wunderbares, langes Leben und eine schöne Zeit bei Eurem Studium. Solltet Ihr noch irgendwelche Fragen haben, wird sie mein lieber Freund, Professor Heimstetten, noch beantworten. Soweit es in seiner Macht steht. In Liebe, Euer Gerome.«

In der Kanzlei tritt große Verwirrung ein. Alle, von Montag bis Freitag schauen sich um und ziehen fragend die Stirn in Falten.

Der Notar beginnt die Briefumschläge, die bis dahin auf seinem Schreibtisch lagen, an die Frauen zu verteilen. Die Frau mit dem blonden Bob, die sich vorhin noch als Großcousine bezeichnet hatte, reißt als erstes den Umschlag auf.

»Da ist ja gar kein Geld drin. Nur ein Schreiben und ein Foto von dem Geizkragen. Was soll das?«

Die Mittwochs-Blondine schüttelt lachend den Kopf, schiebt den Umschlag in ihre Handtasche und verlässt die Kanzlei. Immer noch lachend. Montag und Donnerstag gehen ebenfalls, so wie sie gekommen sind. Gemeinsam. Die letzten beiden Frauen tun sich mit dem Verständnis noch ein bisschen schwer. Der Notar reicht ihnen zwei Visitenkarten und weist sie darauf hin, dass er in der kommenden Woche gerne beratend zur Seite stehe. Beide verlassen das Büro.

Dann kehrt wieder Ruhe ein. Heimstetten öffnet alle vier Flügel der Fenster weit. Unten, auf der Straße kann er noch sehen, wie ein junger Mann hinter einer der laut schimpfenden »Großcousinen« herläuft. Es ist die Freitagsfrau, und der Kerl ist der, den die Ungeduld vorhin zweimal an die Tür trieb.

Sie steigen in einen kleinen BMW. Und dann sind auch sie fort.

»Lassen Sie es sich gut gehen.« Hatte Gerome immer zu ihm gesagt. »Lassen Sie es sich gut gehen.«

Und er hatte Recht. Für den alten Herren war das Leben mit den jungen Frauen genau das Richtige.

Was für ihn das Richtige ist, weiß er gerade mehr denn je. Und dann nimmt er das Telefon und ruft seine Frau an.

Das Enkelchen

Hach, ist es lieblich anzusehen.
Der kleine Kerl, er schläft so schön.
Der Enkelsohn, ganz wunderbar,
kommt eindeutig nach Opapa.

Es ist so schön und schläft geschwind.
Hach, lieb ich doch mein Enkelkind.
Mein Sohn führt seine Frau heut aus
und Opapa, der macht was draus.
Ich gelt seit jeher schon als fitter
und spiel' für beide Babysitter.

Was für ein wunderschönes Paar,
sind glücklich Eltern bald ein Jahr.
Als Großvater man von mir spricht.
Ich find das toll, mich stört das nicht.

Doch ist der Schlaf nicht wirklich lange,
dann wacht er auf der kleine Range.
Er gluckst und schaut, spuckt mir auf's Hemd.
Dann halt ich ihn, und er wirkt fremd.

Dann läuft rot an der kleine Mann.
Und ich mag ihn, so gut ich kann.

Ich trag ihn rum, lauf hin und her,
sing ihm von Elfen, Fuchs und Bär.
Doch er heult rum, weint, macht Rabatz.
Das mag ich nicht, du dumber Fratz.

Das hast du nicht von Opas Seite.
Wir waren immer stille Leute.
Das kann nur von der Mutter sein,
die stämmig ist und laut und klein.

Und in der Windel ein Malheur.
Und schreien tut's, ich hass das Gör!

Wenn deine Eltern wieder kommen,
dann wird Mama am Hals genommen.
Ich geb dich ihr und werd ihr raten,
bleib weg mit deinem Satansbraten.

Und sind die Kinder wieder da,
besonders stolz auf Opapa.
Sind glücklich, froh, und das muss sein.
Denn grade schlief der Kleine ein.

Und es ist schön, und schläft geschwind.
Hach, lieb ich doch mein Enkelkind.

Der Pyromane

Schon als kleiner Junge reizte ihn alles, was brannte. Erik liebte es, mit der brennenden Kerze auf dem Restaurant-Tisch zu spielen. Er band der Nachbarskatze ein brennendes Holzscheit an den Schwanz. Und er stand jedes Jahr beim Osterfeuer ganz vorne und spürte, wie die Flammen sein Herz bis zum Hals schlagen ließen.

Der Geruch von angezündeten Streichhölzern erregte ihn in der Jugend mehr als Baywatch oder die Pornoheftchen, die auf dem Schulhof kreisten.

Als die Klasse einen Ausflug zur Feuerwehr machte, ließ er sich von den Feuerwehrmännern alles erklären. Er lächelte und fragte und hörte nicht auf damit. Alles interessierte ihn. Vor allem die Geschichten über die Brände, die diese Wache schon löschen musste. Als die Klasse wieder losfahren sollte, musste ihn seine Lehrerin am Arm aus dem Gebäude mit den großen Löschfahrzeugen ziehen.

Einer der Feuerwehrmänner strich Erik über den Kopf und meinte, dass der Junge sicher mal ein großartiger Feuerwehrmann werden würde. Erik schaute ihn mit großen Augen an und lächelte. Nichts lag ihm ferner. Brände zu löschen barg für ihn keinen Reiz. Er wollte, dass es brannte. Egal, ob es sich um einen Kleinwagen in der Nachbarstraße handelte oder um die Lagerhalle im Industriegebiet. Er konnte gar nicht genug bekommen von Flammen und dem Knistern unkontrollierter Brände.

Im Krabbelalter schaffte er es, sich in einem unbeobachteten Moment bis an den weihnachtlich geschmückten Christbaum heranzurobben. Dort fasste er nach einer Kerze. Er wollte sie nicht haben. Nur ansehen. Und auf die Zweige legen. Seine Mutter sprang im letzten Augenblick heran und rettete ihren Sohn. Der Baum allerdings brannte komplett ab, und sein Vater bestand in den Folgejahren darauf, dass der Baum nur noch elektrisch beleuchtet werde. Seitdem interessierte sich Erik nicht mehr für den Weihnachtsbaum. Das Feuerwehrauto, das ihm zum fünften Geburtstag geschenkt wurde, warf er aus dem Fenster.

In seinen Schubladen sammelte er stattdessen die Feuerzeuge und Streichhölzer, die seine Eltern manchmal herumliegen ließen.

Als Erik versuchte, im Schuppen einen Stapel Tücher und Holzspäne anzuzünden, versohlte ihm sein Vater den Hintern. Sein Vater hatte keinen Sinn für die Magie des Feuers. Und auch seine Mutter konnte seine Leidenschaft nicht teilen.

Aber sie liebte ihn. Für sie war Erik der geliebteste Mensch auf der Welt. Wenn Nachbarn kamen und den Verdacht äußerten, dass Erik in ihrem Garten einen Brand gelegt hätte, stellte sie sich vor ihn und nahm ihn in Schutz. Ihr Sohn wüsste, was richtig und falsch sei. Er tat so etwas nicht. Er legte keine Brände. Er sei kein Pyromane. Er war ein guter Junge.

Sein Vater wurde mit den Jahren zunehmend misstrauischer. Er kontrollierte Erik und nahm ihm alle Feuerzeuge ab, die er bei ihm finden konnte.

Mit jedem Jahr seines Lebens wurde die Kluft zwischen seinem Vater und ihm größer und die Bindung an seine Mutter enger. Als der Vater seine Mutter für eine andere Frau verließ, war Erik schon fast volljährig. Mittlerweile hasste er diesen Mann, der ihm im wahrsten Sinne des Wortes nie genügend Wärme schenkte.

Es dauerte glücklicherweise kein halbes Jahr, bis der Vater und seine neue Freundin bei einem Brand in ihrem Haus ums Leben kamen. Jemand hatte einen Kinderwagen im Flur angesteckt. Direkt vor ihrer Tür.

Eriks Mutter weinte stundenlang, als sie vom Tod ihres Mannes hörte. Sie hielt ihren Sohn in den Armen und versuchte ihn zu trösten. Der Junge hatte schließlich seinen Vater verloren und sie den Mann, den sie immer noch liebte. Dass Erik nicht weinte, beunruhigte sie nicht sehr. Er war schon fast erwachsen und wollte ihr zeigen, dass er stark genug für diese grausame Nachricht sei. Erik war ein guter Junge. Der Beste. Und sie wollte ihm die allerbeste Mutter sein.

Erik schlug seiner Mutter vor, seinen Vater nicht erdbestatten zu lassen. Der Wunsch seines Vaters sei gewesen, eingeäschert und in einer Urne beigesetzt zu werden. Und auch wenn sie nie zuvor mit ihrem Mann über das Thema gesprochen hatte, glaubte sie ihrem Sohn. Außerdem war es ja auch sein Vater. Er hatte das Recht, bei der Beerdigung mitzureden.

Wenn Erik in den folgenden Jahren eine Freundin mit nach Hause brachte, dann freute sich seine Mutter für ihn. Wenn die Beziehung in die Brüche ging, buk sie ihm seinen Lieblingskuchen und schenkte ihm eine CD oder ein Buch, über das er schon länger sprach. Sie waren immer füreinander da.

Dann zog Erik aus, um zu studieren. Es waren nun gute zwei Stunden, die er fahren musste, wenn er seine Mutter besuchen wollte. Das Haus, das er gefunden hatte, war ein Glücksgriff. Es lag abseits am Waldrand. Mit seinem Polo brauchte er fast eine dreiviertel Stunde bis zur Universität. Es machte ihm nichts aus. Hier draußen saß er oft im Garten und verbrannte gesammeltes Holz oder die Fotos seines Vaters.

Erik sah gut aus. Die blonden Locken waren ihm in den letzten Jahren fast bis auf die Schultern gewachsen. Seine blauen Augen strahlten. Er war freundlich und beliebt.

Dass ihm bei dem Brand in der Unibibliothek nichts passiert war, war reines Glück. Seine Kommilitonen klopften ihm auf die Schultern oder nahmen ihn in den Arm, als sie hörten, dass er den Flammen nur knapp entkommen war.

Nach der Regelstudienzeit von acht Semestern schloss er sein Studium der Philosophie mit einem Master und einer Auszeichnung ab. Diese Episode seines Lebens war damit beendet. Schon morgen würde er das alles hier zurücklassen. Zumindest alles, was davon noch übrig blieb.

Den Brand hatte er aufs Feinste geplant. Rund um das Haus waren die kleinen Holzfässer mit Ethanol platziert. Die verbindenden Schnüre lagen nah genug am Haus, dass sie nicht durch irgendein Tier noch angenagt oder zerbissen werden konnten. Und der Radiowecker, der den Impuls zum ersten Kanister gab, war sowohl elektronisch angeschlossen, als auch – für alle Fälle – mit einem Akku versehen. Genau um 23 Uhr könnte er vom Wald aus sehen, wie sich seine Heimat der letzten vier Jahre in Asche, Staub und Hitze auflösen würde. Er hatte von Anfang an nicht an einen normalen Auszug gedacht. Auch, wenn er das seiner Mutter so mitgeteilt hatte.

Alles, was jetzt noch fehlte, waren ein paar Süßigkeiten, ein Bier und eine Tüte Chips, mit denen er das Inferno feiern wollte.

Er schaute auf seine Armbanduhr. Er hatte noch eine gute Stunde. Das sollte reichen, um schnell zur Tankstelle zu fahren und sich mit allem zu versorgen.

Die Verkäuferin an der Aral im Ort lächelte ihn an. Der junge Mann war schön und getragen von einer Euphorie, die sie bei anderen Männern in seinem Alter nicht kannte. Erik lächelte zurück. Er packte seine Einkäufe ein. Und hätte er nicht schon etwas vorgehabt, hätte er sie gefragt, wann sie mit ihrem Dienst fertig sei. Dann ging er pfeifend zurück zu seinem Auto. Das Programm sollte gleich beginnen.

Den Wagen parkte er gute fünfhundert Meter weiter. Den Weg kannte er in- und auswendig. Als er aus seinem Auto stieg, piepste sein Handy. Er wusste, dass er nicht dran gehen würde. Nichts sollte ihn jetzt noch von seiner kleinen Feier abhalten. Er wollte jeden Moment genießen.

Schon auf dem Weg zu seinem Aussichtsplatz öffnete er die Dose Bier. Er brannte innerlich schon. Er hatte Durst. Dann ließ er sich ins Gras fallen. Der Countdown begann.

Pünktlich sah er das erste Leuchten im hinteren Eck. Dann ging alles ganz schnell. Innerhalb von wenigen Sekunden standen alle Spiritus-Fässer in Flammen. Es dauerte keine Minute, bis alles lichterloh brannte. Die Scheiben des Erdgeschosses barsten in einer Symphonie aus Lärm und Hitze.

Es fühlte sich fast so an, als ob er den Anstieg der Temperatur bis zu seinem Hügel spüren konnte. Aber Erik wusste, dass er sich irrte. Es war die Hitze in ihm selbst, die ihm dieses Glücksgefühl vermittelte.

Die Feuerwehr war sicher noch nicht einmal ausgerückt, als der Dachstuhl brach und eine Wolke von Glut in den Nachthimmel stieß. Was für ein atemberaubendes Spektakel. Erik hätte tanzen können vor Freude. In weniger als dreißig Minuten würde das Haus bis auf die Grundmauern niedergebrannt sein. Er pfiff durch die Zähne und lehnte sich zurück in das feuchte Gras. Der Auszug hatte sich damit erübrigt. Alles was er brauchte, hatte er bei sich oder im Auto. In wenigen Stunden würde er losfahren und wieder bei seiner Mutter einziehen. Es war ihm egal, was andere sagten. Mütter waren die einzigen Menschen, auf die man zählen konnte. Zu jeder Zeit. Er stand auf und klopfte sich ein wenig Erde von der Hose. Er würde den Rest des Brandes nicht genießen können. Von Weitem hörte er nun doch schon den ersten Feuerwehrwagen. Beinahe wäre ihm sein Handy aus der Hosentasche gefallen. Er schnappte die Hülle auf. Die Nachricht von vorhin war noch nicht geöffnet. Sie war von seiner Mutter, und eine Welle von bedingungsloser Liebe strömte durch seinen Körper.

Dann wurde ihm kalt. Eiskalt. So kalt, dass kein Feuer dieser Welt ihm noch Wärme hätte spenden können. Seine Mutter würde ihn nicht im Stich lassen. Das wusste er. Und auch dieses Mal war sie zur Stelle, um ihm zur Seite zu stehen. Ein letztes Mal.

Hallo mein Herz. Ich kann dich doch nicht mit all der Arbeit alleine lassen. Bin soeben bei dir angekommen. Bin müde von der Reise und lege mich ein wenig ins Gästezimmer. Gut, dass ich noch den Schlüssel hab. Lass dich nicht von mir stören, und tu derweil, was du tun musst. Weck mich morgen früh, so dass wir vor dem Auszug noch zusammen frühstücken können. Kuss. Mami. Ich hab dich lieb.

Der Lottogewinn

Lise sitzt einfach da und beobachtet, wie seine Gesichtszüge im Sekundentakt wechseln. Der Lottoschein in seiner Hand wird gleich feuchte Flecken bekommen, wenn er ihn noch länger festhält.

»Und die Hälfte davon gehört der Elsa. Elsa hat mir nämlich die Zahlen gesagt.«

Herbert ist kurz davor zu hyperventilieren. Sollte es sich endlich auszahlen, dass er seine Großmutter regelmäßig im Pflegeheim besucht? Wobei *regelmäßig* sich in Zeiträumen zwischen acht Wochen und vier Monaten abspielt. Immer dann, wenn genug Rente aufgelaufen sein muss.

Die Alte hat im Lotto gewonnen. Auf seinem Handy checkt Herbert die Quote. Neun Millionen. Neun Millionen Euro. Sein Schnauzbart beginnt zu kitzeln. Das liegt am Schweiß. Es ist nicht neu.

»Omi, Omi, wir sind reich.«

»Oh, wie schön. Hast du auch Lotto gespielt?«

Lise schaut ihren Enkel hocherfreut an. »So ein Zufall. Haben wir beide gleichzeitig gewonnen?«

Herbert räuspert sich. »Aber nein, Omi. Du hast neun Millionen Euro gewonnen. Das reicht doch für... das reicht doch für alles.«

»Nein. Ich habe nur viereinhalb Millionen Euro gewonnen. Der Rest gehört Elsa. Elsa hat mir nämlich...«

»Ja, das hast du schon gesagt. Sie hat dir die Zahlen genannt.«

Herbert rauft sich die Haare. Zwei Alte. Ausgerechnet zwei alte Weiber. Die teilen sich seinen Lottogewinn. Es ist nicht zu fassen.

»Aber du willst uns doch jetzt nicht hängen lassen, jetzt, wo du soviel Geld hast.«

»Natürlich nicht. Jeder von euch bekommt einen Teil.«

Herberts Herz schlägt bis in seinen Hals. Die Venen treten schon hervor und leuchten bläulich.

»Omi, das ist ganz schrecklich lieb. Wen meinst du denn mit »jeder«?«

»Also, wenn Elsa ihren Anteil hat - du weißt ja, sie hat mir die Zahlen gesagt - dann bekommen deine Mutter, die Grete, und deine beiden Schwestern und die Tante Lotte...«

»Oma! Lotte ist tot. Schon lange.« Herbert sieht aus, als ob er seine Großmutter würgen werde, wenn sie Elsa noch einmal erwähnt.

»Gut, dann die Lotte natürlich nicht. Aber die Ursula, die Antje, die Sina...«

»Omi, wer sind diese Menschen?« Herbert atmet scharf ein.

»Na, unsere Pfleger hier. Die sind so fleißig, die bekommen natürlich auch einen Anteil.«

»Oma. Die machen nur ihren Job. Denen musst du nichts geben.«

»Nein, müssen muss ich nicht. Wollen will ich aber.«

Herbert wird blass. »Du hast ihnen doch noch nichts von dem Lottogewinn erzählt, oder?«

»Nein, nein, mein Junge. Natürlich nicht. Das wird eine große Überraschung. Am nächsten Sonntag, beim Frühlingsfest, werde ich es ihnen sagen.«

Der rundliche, mittelgroße Mann lässt sich zurückfallen. Die Zeit läuft ihm davon.

Am Sonntag will sie es herausposaunen. Genau in sieben Tagen. Das darf nicht passieren. Hier, vor ihm im Rollstuhl, sitzt seine Lebensversicherung. Keine Schulden mehr. Ein Ferrari in der Garage. Reisen um die Welt. Partys mit Frauen, die ihn bisher nicht mal wahrgenommen haben. Zu allem Überfluss bekommt er nun auch noch eine Erektion.

»Ich denke, dass jeder von euch genau zehntausend Euro bekommen soll.«

Herbert lacht kurz auf. Die Erektion fällt in sich zusammen und schrumpelt auf Zigarettengröße.

»Zehntausend Euro?«

»Ja, mein Junge. Es ist doch selbstverständlich, dass ich euch unterstütze.«

»Und den Rest? Den willst du behalten?«

»Das weiß ich noch nicht.«

Herbert springt auf. »Omi, was willst du denn damit? Es geht dir hier doch ganz wunderbar. Alle mögen dich, und schau nur, wie ich mich um dich kümmere. Hallo?« er richtet sich auf und schlägt sich beide Hände auf die Brust. »Ich bin's. Dein Lieblingsenkel.«

Lise betrachtet ihn von unten nach oben. Sie hatte von klein auf ein Problem mit ihm. Er war seit eh und je egoistisch, falsch und diebisch. Schon als er noch ein Teenager war, hatte ihre Tochter mehrfach bei der Polizei antreten müssen, um ihn abzuholen. Herbert lässt sich immer nur dann blicken, wenn es etwas für ihn abzusahnen gibt. Dieser Lottoschein macht ihn ganz kiebig, und Lise weiß, dass es besser ist, ihm das Stück Papier wieder abzunehmen.

Widerwillig reicht er seiner Großmutter den Schein und passt auf, wo sie ihn hinlegt. Lise ist klar, dass sie das Los in das Zimmer ihrer Freundin bringen muss. Es ist keine Frage, dass ihr Enkel versuchen wird, es sich unter den Nagel zu reißen.

»Omi, wo überweisen die das, also ich meine dein Geld denn hin?«

»Natürlich auf mein Konto. Die sind ja alle so nett bei meiner Bank. Die werden sich ganz schön freuen, wenn sie von dem Gewinn hören. Sie sind immer so freundlich. Und die Elsa hat da auch ihr Konto, du weißt ja, sie bekommt...«

»Ja Oma! Die Elsa bekommt die Hälfte, weil sie dir diese Scheißzahlen...«

»Herbert!!!«

»Entschuldige Omi.« Der Mann kniet sich vor den Rollstuhl und nimmt die Hände seiner Großmutter in die seinen.

»Es tut mir leid. Es ist nur, dass ich mir große Sorgen mache. Nicht, dass jemand versucht, euch beiden - also dir und der lieben Elsa – das Geld abzuluchsen. Hast du denn ein sicheres Konto, Omilein? Du weißt ja gar nicht, wie die Banken heute arbeiten. Es ist grauenhaft. Fast schon betrügerisch.« Herbert lacht.

Und Herbert schwitzt.

»Aber mein Junge. Natürlich. Mach dir keine Sorgen um mich. Ich pass schon auf mich auf.«

»Na dann. Ich geh dann mal. Am Freitag komm ich wieder. Versprich mir bitte, dass du bis dahin mit niemanden über den Gewinn sprichst. Ich möchte einfach nur prüfen, ob alles mit rechten Dingen zugeht. Und dann kannst du ja allen geben, was du geben magst. Du gute Seele, du.«

Herbert wirft einen letzten Blick auf den Nachtschrank seiner Großmutter. Dann zieht er die Türe hinter sich zu.

Lise rollt zum Fenster und schaut zu, wie der Mann zu seinem alten Nissan geht.

Was für ein Spaß. So richtig freuen will er sich über die angebotenen zehntausend Euro offenbar nicht. Lise kichert und fährt zu ihrem Nachtschrank. Sie nimmt das Stück Papier heraus.

Er wird sicher wiederkommen. Und wenn er den Schein dann findet, wäre das ganze schöne Schauspiel schon beendet.

Es gibt Kartoffelpüree und Schnitzel, als Herbert panisch in den Speisesaal gelaufen kommt. Es sind noch keine vierundzwanzig Stunden vergangen, und Lise schmunzelt über den Tisch hinweg zu ihrer Freundin Elsa. Elsa grinst zurück, tut dann aber so, als sei sie mit ihrem Püree beschäftigt.

Herbert beugt sich herab.

»Oma!« seine Stimme klingt gepresst. »Ich wollte dich gerade besuchen kommen, aber du warst nicht in deinem Zimmer. Der Schein ist weg. Oma, hat dir jemand den Schein gestohlen? Wo ist das verdammte Ding?«

»Aber Herbert. Was soll das denn? Ich esse gerade. Mein Schnitzel wird noch kalt.«

»Oma, bitte!« Er sieht aus, als ob er gleich anfängt zu weinen. »Es geht hier um sehr viel Geld. Ich will doch nur auf dich aufpassen.«

»Das ist lieb von dir.« Lise legt das Besteck aus der Hand und tätschelt ihrem Enkel die Wange. »Ich habe den Schein versteckt. Er ist in Sicherheit. Glaub mir. Und nun lass mich bitte mein Mittagessen weiter essen. Du sagtest doch, du kämst erst am Freitag. Was machst du denn schon hier?«

»Lass gut sein Oma. Versprich mir nur, dass du niemandem davon erzählst.«

Eine von den anderen Alten irritiert ihn. Sie kichert die ganze Zeit und scheint ihr Mittagsmahl ganz besonders lustig zu finden.

Herbert dreht sich um. Es ist zum Verrücktwerden. Aber er wird schon noch kriegen, was er will. Er wird Freitag wieder kommen, und dann wird er dafür sorgen, dass das Geld an jemanden geht, der auch etwas damit anfangen kann. Nämlich an ihn.

Am Freitag kommt Herbert mit Blumen. Lise liegt im Bett und schaut zu, wie sich ihr Enkel einen Stuhl nimmt und sich ganz nah an sie heran setzt. In seinen Augen glitzern Tränen.

»Oma. Ich wollte es dir eigentlich nicht sagen. Aber ich bin sehr, sehr krank.«

»Oh, das tut mir aber leid, mein Junge. Was hast du denn? Die Grippe?«

Herbert atmet tief durch. »Nein. Es ist schlimmer. Wahrscheinlich werde ich noch lange vor dir über die Regenbogenbrücke gehen. Die Behandlung ist einfach zu teuer. Verteile das Geld, das du mir geben willst, lieber an die Pfleger hier. Die haben es wirklich verdient.«

Lise muss sich zusammenreißen, als Herbert von der »Regenbogenbrücke« spricht. Sein Schauspiel ist lausig, aber zum Brüllen komisch.

Mit etwas vorgespielter Mühe schiebt sie sich aus ihrem Bett in den Rollstuhl. Dann setzt sie sich ihm gegenüber und greift nach seiner Hand.

»Aber Junge. Kann ich irgendwas für dich tun? Das ist ja grauenhaft. Weiß deine Mutter davon? Deine Schwestern?«

»Nein, ich habe es niemandem gesagt. Ich möchte niemandem Sorge bereiten. Ich wollte es jetzt auch nur sagen, damit ich mich von dir verabschieden kann. Man weiß ja nie wie schnell es mit mir vorbei ist.« Eine Träne kullert auf ihre Hand, und Lise tut so, als ob das Lachen in ihrem Gesicht blanke Betroffenheit sei.

Es ist an der Zeit, die nächste Stufe zu zünden.

Die alte Dame rollt zu ihrem Schrank und holt den Lottoschein aus ihrem Wäschefach.

»Hier Herbert. Nimm du das. Gib mir einfach zurück, was du nicht benötigst. Du brauchst es dringender.«

Es ist eindeutig, dass der Mann, dem die Gier schon aus jeder Pore tropft, kaum ruhig bleiben kann.

»Aber Oma. Das kann ich nicht annehmen.«

Schon steht er vor ihr.

»Es ist nur, wenn es nicht um Leben und Tod ginge...«

Er nimmt ihr den Schein aus der Hand und beugt sich herab. Dann küsst er ihr schlohweißes Haar und drückt sie noch einmal an seine Brust. Lise schüttelt sich, aber Herbert hält es glücklicherweise für Ergriffenheit.

»Danke Oma, tausend Dank. Du weißt gar nicht, was das für mich bedeutet. Ja, ganz sicher werde ich dir zurückbringen, was ich, also was die Klinik nicht braucht.«

Er richtet sich wieder auf und wendet sich ab.

»Ich komme wieder, Omi. Schon ganz bald. Und dann bin ich wieder gesund. Danke Omilein. Vielen, vielen Dank.«

Dann läuft er den Flur hinunter. Er hat es so eilig, dass er noch nicht einmal die Tür hinter sich schließt. Sie kann gerade noch sehen, wie er die große Tür am Eingang des Wohnbereichs aufzieht, und schon ist er fort.

Jetzt kann Lise das Lachen nicht mehr halten. Und so fährt sie mit ihrem Rollstuhl lachend nach vorne in den Aufenthaltsraum, wo Elsa schon auf sie wartet. Von hier aus hat man die Parkplätze bestens im Blick.

Herbert läuft, so schnell er kann, zu seinem Wagen, und es scheint ihm nichts auszumachen, dass das Ding nicht gleich anspringt.

Ganz offensichtlich kann er sein Glück kaum fassen. Schon bald wird er allerdings umso fassungsloser sein.

Dieser Lottogewinn wird ihn Kopf und Kragen kosten.

Es war schon lange Zeit für eine Abreibung. Herbert war, seitdem sie denken kann, immer hinter ihrem Geld her. Als er sie die ersten Male im Heim besuchte, fehlte im Anschluss immer das ein oder andere Schmuckstück. Herbert beklaute seine Großmutter hemmungslos, wenn er glaubte, dass sie schliefe. Später brachte sie ihre Wertsachen immer in Elsas Zimmer, wenn er einen Besuch ankündigte. In der ganzen Familie ist Herbert verhasst. Sogar seine eigene Mutter und seine Schwestern verabscheuen ihn. Er sät Unfrieden, betrügt seine Frau und hatte sogar schon seine siebzehnjährige Nichte begrapscht. Herbert ist nicht nur das schwarze Schaf der Familie, er ist das missratene Schwein in der ganzen Verwandtschaft. Achtunddreißig Jahre, böse, dumm und dämlich.

In spätestens einer Stunde wird er wissen, dass der Schein ungültig ist.

Im Gegensatz zu den Verträgen, die er in den vergangenen Tagen mit den Autohäusern, dem Reisebüro und dem Immobilienmakler gemacht hat.

Nicht einen Cent wird er auf diesen Schein erhalten. Und auch in Lises Testament kommt er schon lange nicht mehr vor.

Er ist ein Parasit und wird nun selbst erfahren, wie es ist, betrogen zu werden.

Elsa rollt neben ihre Freundin.

»Und? Fällt er schon aus allen Wolken?«

»Nein, noch glaubt er, er hätte das große Los gezogen. Für wie blöde hält er mich eigentlich?«

»Hast du schon alles gepackt?« Elsa wendet sich Lise zu.

»Was brauchen wir denn mehr als unsere dritten Zähne und ein hübsches Kleid? Der Rest wird vor Ort gekauft.«

Ihre Rollstühle stehen dicht beieinander, sie klatschen sich mit ihren zierlichen, faltigen Händen ab und lachen.

Lises Lottoschein ist wertlos. So viel ist klar. Aber mit Elsas Schein hatten sie ganze zwölf Millionen abgeräumt. Sie spielen immer die gleichen Zahlen. Lises Zahlen. Aber Lise gibt ihren Schein schon lange nicht mehr ab.

Von dem Gewinn, den Elsa in der Lotterie bekommt, werden sie die Villa am Starnberger See inklusive Pflegepersonal für zehn Jahre mindestens halten können. Zehn Jahre. Dann wären sie 101 und 103. Zehn Jahre würden sicher reichen. Ob sie dort noch Besuch von ihrem Enkel Herbert zu erwarten hatte, wagte Lise zu bezweifeln.

Die Putzfrau

Jutta war angewidert. Noch bevor sie das Haus betrat, sah sie den Vogeldreck auf dem Briefkasten. Jutta hasste das. Die weiße Spur zog sich vom Deckel über die gesamte Vorderseite des gebürsteten Edelstahls. Sie holte einen ihrer Lappen aus dem Eimer, schüttete etwas von dem Essigreiniger darauf und weichte so die Front des Postkastens ein. Nachher würde sie wieder rauskommen und die letzten Reste wegpolieren. So ein schönes Haus. Da durfte doch der Briefkasten nicht aussehen wie ein Taubenschlag. Für solche Fälle hatten die von Kerbachs sie doch angeschafft. Als beste Putzfrau, die sie finden konnten. Einhundert Prozent sauber und gründlich. Und diskret wie keine Zweite. Jutta Faber. Dreiundsechzig, alleinstehend und finanziell darauf angewiesen, die ihr anvertrauten Haushalte in Ordnung zu halten.

Sie griff in das Fach oberhalb des Postkastens, nahm den kleinen Schlüssel und holte Briefe, Karten und eine Zeitung heraus. Offenbar hatten die von Kerbachs heute den Briefträger verpasst.

Dann zog sie den Hausschlüssel aus ihrem Mantel und öffnete die Tür.

Mein Gott, wie das hier wieder aussah! Man könnte meinen, Jutta sei seit zwei Monaten nicht mehr hier gewesen und nicht erst seit drei Tagen.

Sie zog ihre Schuhe aus und stellte sie säuberlich neben die Tür. Dann schlüpfte sie in ihre Filzpantoffeln und begann mit der Arbeit.

An der Treppe hing ein Mantel lose über das Geländer, und direkt unter der letzten Treppenstufe lagen die Schuhe der Arbeitgeberin. Vom Flur aus konnte Jutta sehen, dass der kleine Tisch neben der Hausbar umgekippt war und irgendeine Flüssigkeit den schönen Teppich verfärbt hatte. Sie schüttelte mit dem Kopf. Darum würde sie sich später kümmern.

Als erstes nahm Jutta die Schuhe und den Mantel und räumte alles ordentlich in die Garderobe. Dann ging sie nach oben, um zu sehen, wo sie heute beginnen wollte. Sie hatte gute sechs Stunden Zeit. Und die wollte sie sich optimal einteilen.

Oben wendete sie sich nach rechts und konnte die Katastrophe gleich sehen. In ihrem glänzenden Morgenrock lag Jolande von Kerbach mitten in der Tür zum Schlafzimmer. Wieder schüttelte Jutta mit dem Kopf. Der Boden ringsherum war rot und klebrig. Es war einfach nicht auszuhalten, was manche Personen für eine Unordnung machen konnten. Sie ging näher heran und fühlte, ob sich die Lache noch mit Wasser und Seife entfernen ließe, oder ob sie zu schärferen Mitteln greifen müsste. Hier oben arbeitete sie nicht so gerne mit Scheuermitteln. Der Boden war extrem empfindlich.

Frau von Kerbach brauchte sie hier auch nicht um Rat zu bitten. Die hatte von Reinigungsmitteln und Putzen einfach keine Ahnung. Dennoch wandte sich Jutta der am Boden liegenden Frau zu. »Und jetzt, Frau von Kerbach? Wie soll ich das bloß wieder in Ordnung bringen?«

Die Hausherrin antwortete nicht. Sie hatte einfach keinen Sinn für Sauberkeit, und außerdem lag sie mit offenen Augen da.

Die Waffe in ihrer Brust war eines der guten Keramikmesser. Jutta dürfte diese Messer nicht mehr anrühren, hatte die gnädige Frau gesagt, als sie einmal eines in der Spülmaschine gesehen hatte. Die durften nicht in die Spülmaschine. Jutta war anfangs sauer. Sie hatte es dort nicht hinein getan. Aber was verstand sie auch schon von teuren Keramikmessern. Für sie war ein Messer ein Messer. Buttermesser waren stumpf und Schneidemesser waren scharf. Ihre Messer waren aus Metall und steckten in der Regel nicht in anderer Menschen Körper.

Wie Frau von Kerbach wünschte, rührte Jutta die edlen Schneideinstrumente nicht mehr an. Und auch dieses hier würde sie dementsprechend nicht berühren. Sie würde es genau dort stecken lassen, wo es gerade war. Keramikmesser nicht anfassen. Basta!

Dann richtete sie sich wieder auf.

Sie stieg über die Leiche hinweg und ging ins Schlafzimmer. Gut. Hier sah es wenigstens nicht ganz so schlimm aus, wie sie erwartet hatte.

Jutta drehte das Radio auf und begann, das Bett frisch zu beziehen und die Vorleger auszuschütteln. Die Fotos, die den Hausherren mit dem nackten Nachbarmädchen zeigten, räumte sie in die Nachttischschublade. Es wunderte kein bisschen, dass der Alte auf dieses junge Mädchen stand. Wer mit so einer hektischen und unromantischen Frau wie Jolande von Kerbach verheiratet war, dem konnte es gar nicht mehr jung und natürlich genug sein.

In den beiden Gästezimmern musste sie nur lüften und kurz staubsaugen. Hier und im Gästebad war alles makellos und seit ihrem letzten Besuch unbenutzt.

Im großen Bad lagen die Kleider der Hausherrin über dem Herrendiener. Jutta reinigte die Waschbecken, die Dusche und das WC.

Hier oben war mittlerweile alles picobello. Gesaugt, geputzt, gewischt, gereinigt. Sogar diese grässliche Blutlache rund um die Hausherrin hatte sie komplett aufgewischt. Das einzige, was jetzt noch störte, war Frau von Kerbach selber. Jutta überlegte einen Moment. Dann war ihr klar, dass der Flur einfach immer noch unordentlich aussah. Egal wie sauber der Boden war.

Sie ging zurück und packte die beiden Handgelenke der Hausherrin. Sie war schwerer als erwartet, aber es gelang Jutta, ihren Körper ins Bad zu ziehen und in die Badewanne zu hieven. Dann reinigte sie seufzend zum wiederholten Male den Boden, zog den Vorhang der Badewanne zu und blickte stolz um sich. Genau so sollte es aussehen.

Sie packte ihre Putzmittel zusammen und ging die Treppe hinab. Mit dem feuchten Tuch in der Linken wischte sie dabei den Handlauf sauber. Auch hier fanden sich ein paar Spuren angetrockneten Blutes. Aber als sie unten ankam, war das helle Holz des Treppengeländers wieder absolut sauber. Jutta galt als pedantisch, und sie musste sich eingestehen, dass das wohl auch vollkommen zutraf.

Hier unten begann sie mit den Reinigungsarbeiten in der Küche. Aus dem Kühlschrank räumte sie die abgelaufenen oder unansehnlich gewordenen Speisen fort. Die Arbeitsplatte wurde erst gereinigt und dann poliert. Erst wenn der dunkle Marmor richtig glänzte, war sie zufrieden.

Das Geschirr wurde aus und in die Spülmaschine geräumt. Auf der Anrichte stand die weiße Tasse mit dem Schriftzug »Verbrechen lohnt sich doch«.

Jutta hatte nie so richtig verstanden, was das bedeuten sollte.

Der Hausherr war Richter. Soviel wusste sie. Er hatte vermutlich eine lustige Einstellung zu seinem Beruf. Sie nahm die Tasse und stellte sie zu den anderen in die Maschine.

Hier war die Arbeit schnell erledigt. Nur noch kurz durchgewischt und schon war die Küche wieder tadellos.

Speisekammer und Gästezimmer waren auch so, wie sie sie beim letzten Mal zurückgelassen hatte. Jutta freute sich. Sie schien doch noch besser durchzukommen, als sie gehofft hatte.

Im Wohnzimmer traf sie dann aber fast der Schlag. Im Großen und Ganzen sah alles aufgeräumt und übersichtlich aus.

Aber auf dem Sofa saß der Hausherr. Er trug seinen Anzug. Die Krawatte hatte er gelöst. Sie lag noch um seinen Hals. Und er trug noch seine Straßenschuhe. *Auf dem hellen Teppich!*

Jutta hätte ihn am liebsten geschüttelt. Die beiden wussten genau, wie schwer sie sich mit der Reinigung des hellen Teppichs tat. Einfaches Staubsaugen reichte hier nicht.

Aber das war nicht das Schlimmste. Der Boden hinter der Couch sah nämlich aus, als hätte man einen Eimer Fischreste vom Wochenmarkt ausgekippt. Auch die rückwärtige Seite des Polsters war komplett versaut. Jutta ließ sich neben Herrn von Kerbach auf das Sofa fallen. »Was soll denn das, bitteschön? Das kriege ich doch im Leben nicht sauber.«

Herr von Kerbach antwortete nicht. Die Pistole in seinem Mund sah aus, als ob sie dort hingehörte. Seine Augen schauten schuldbewusst geradeaus. Also zumindest das eine. Das andere war grässlich angeschwollen und blutunterlaufen.

Jutta wusste gar nicht, wo sie anfangen sollte.

Als Erstes wand sie Herrn von Kerbach die Waffe aus den Fingern. So konnte sie nicht arbeiten. Dann band sie die Krawatte wieder ordentlich und setzte ihn ein bisschen aufrechter hin. Jetzt sah die Szenerie wenigstens von vorne nicht mehr gar zu scheußlich aus. Selbstverständlich zog sie ihm auch die Straßenschuhe aus und die Pantoffeln mit dem Wappen an. Gegen das geschwollene Auge konnte sie nichts machen. Was soll's. Er war nicht ihr Mann. Es konnte ihr egal sein, wenn er etwas derangiert aussah.

Durch das Fenster konnte sie die Nachbarstochter hereinspähen sehen. Sie ging ganz nah mit dem Gesicht an die Scheibe. Als sie zum Sofa blickte, weiteten sich ihre Pupillen, und ihr Mund formte sich zu einem Schrei.

Als Jutta das Gekreische hörte, ahnte sie bereits, dass ihr nicht mehr so viel Zeit zum Reinigen blieb.

Zügig begann sie den Teppich zu säubern und die Spuren auf der Rückseite des Sofas, so gut es ging, herunter zu schrubben.

Sie hantierte mit Bleiche und musste in mehreren Arbeitsgängen erst das Gröbste und zum Schluss die dunklen Flecken behandeln.

Den Hinterkopf des Mannes, oder vielmehr das, was davon noch übriggeblieben war, berührte sie nicht. Es sah nicht so aus, als ob hier noch etwas heraus- oder heruntertropfen konnte. Dementsprechend sollte das nicht ihr Problem sein.

Sie hatte es tatsächlich geschafft. Nicht perfekt, aber so gut sie es eben hinbekommen konnte. Ein bisschen von der Bleiche hatte sie zum Einwirken auf dem Polster verrieben. Das Tischchen neben der Hausbar hatte sie natürlich auch wieder aufgerichtet. Und den zuckrigen Likörfleck, den eine der Flaschen hinterlassen hatte, konnte sie fast vollständig entfernen. Jutta war stolz auf sich. Draußen hörte sie Polizeiwagen nahen. Na ja. Manche machten halt aus allem ein Problem. Hier sah es jedenfalls nicht mehr so entsetzlich mörderisch aus, wie noch vor ein paar Stunden.

Jutta zog die Tür hinter sich ins Schloss und rieb noch die letzten Flecken vom Briefkasten. Die Nachmittagssonne schien. Es würde ein schöner Tag werden. Ihretwegen konnten die beiden hier treiben, was sie wollten. Sie würden schon einen Grund für diese grässliche Unordnung haben. Sie mischte sich da ganz sicher nicht ein. Ihre Arbeit hatte sie erledigt. Ihr konnte man keinen Vorwurf machen. Es war alles aufgeräumt, sauber und ordentlich.

Zwei Streifenwagen hielten am Randstein, und vier Polizisten rannten auf sie zu. Jutta hob die Hände. Sie hatte mal gesehen, dass man genau das tat, wenn Polizeibeamte auf einen zu rannten. Warum auch immer.

Die Polizisten blieben irritiert vor ihr stehen.

Sie fragten, wer sie sei, und sie antwortete wahrheitsgemäß, dass sie Jutta Faber, die Putzfrau der von Kerbachs wäre.

Die Beamten baten sie, die Türe zu öffnen. Aber das wollte Jutta nicht. So etwas sei doch ein Vertrauensbruch, sagte sie den Beamten. Und die von Kerbachs wussten genau, dass sie sich auf ihre Jutta verlassen können. Aber die Männer ließen nicht locker. Sie sagten, dass hier mit einem Verbrechen gerechnet werde. Jutta zuckte mit den Schultern. Was wusste sie schon von Verbrechen. Die von Kerbachs waren erwachsene Leute. Wenn sie sich gegenseitig abstechen oder erschießen wollten, dann würde sie ihnen dabei nicht hereinreden. Die Polizisten schauten sich gegenseitig an und bestanden nunmehr darauf, dass Jutta ihnen die Türe aufsperrte. Ansonsten würden sie die Tür eintreten oder eines der Fenster einschlagen. Jutta konnte sich vorstellen, was das für einen Dreck machen würde, und reichte einem der Beamten unglücklich den Schlüssel.

Sie bat die Männer, bitte die Schuhe auszuziehen. Direkt hinter der Tür hingen Gästepantoffeln. Aber sie konnte genau sehen, dass alle vier einfach so in das Haus stürmten.

Es war zum Heulen. Und sie hatte gerade erst sauber gemacht.

Wachtmeister Claus

Er heißt Claus. Claus mit »C«. Nicht, dass das anders klingen würde, aber dennoch ist es ihm wichtig. Claus ist in diesen Dingen etwas eigen.
Um es genau zu nehmen, ist Claus sogar grundsätzlich eigen.
Wenn Claus gute Laune hat, dann pfeift er. Er kann das gar nicht schlecht. Es ist nur so, dass er ständig dasselbe pfeift. Den Trauermarsch von Chopin oder die Melodie von Germanys Next Top Model.
Claus ist ein großer Fan von Heidi Klum. Er liebt ihre Stimme. Und jedes Mal, wenn eines dieser armen, dünnen Mädels vor dem Supermodel weint, sagt er mit Fistelstimme synchron: »Nein. Ich habe heute kein Foto für dich!«
Er hat in jeder Staffel von Anfang an gewusst, wer das Finale gewinnen wird. Claus hat ein Auge für so etwas.
Aber gerade jetzt hat Claus nur Augen für eines. Das Päckchen, das er beim Zoll abgeholt hat, macht ihn ganz kirre. Es liegt völlig unschuldig auf dem Beifahrersitz und treibt trotzdem seinen Puls in die Höhe. Er ist ganz sicher, dass es dieses Mal keine Enttäuschung geben wird. Seine Angaben konnten nicht genauer sein. In Großbuchstaben hat er alles zwei Mal in das Kommentarfenster eingetragen. Wenn jetzt noch etwas schief läuft, dann ist es böser Wille.
Und wenn doch, dann würde er nach China fliegen und den Fabrik-Deppen eigenhändig den schwarzen Skalp von der Birne pflücken.
Schon vor vier Wochen hatte er nämlich ein ähnliches Paket abgeholt. Er war so aufgeregt, dass er sich zweimal erleichtern musste, bevor er den Pappdeckel aufschneiden und öffnen konnte. Kaum hatte er alles weggewischt, kam dann die Ernüchterung. Diese Idioten in Fernost hatten sich nämlich in Sachen Dämlichkeit bei seiner Ware geradezu überschlagen.

Er konnte es einfach nicht fassen. Wo auf Hemd und Jacke in großen Buchstaben das Wort »POLIZEI« prangen sollte, stand ein fein säuberlich eingesticktes »POZILEI«.
Unübersehbar. »POZILEI«!
Erst hatte sich Claus eine halbe Stunde ins Treppenhaus gesetzt und geheult, und dann hat er den ganzen Mist wütend in die Abfalltonne im Hof geschmissen.
»Claus – ich habe heute keine Uniform für dich!«.
Als er sich wieder beruhigt hatte, setzte er sich an den Computer, schrieb eine Beschwerde und bestellte eine neue Uniform.
Er war so froh gewesen, als die Polizei von den hässlichen Polizei-Outfits abgerückt war und die neue blaue, schlanke Linie einführte. Die beigen Hosen, die gelblichen Hemden mit den widerlich grünen Krawatten und die dunkelgrünen Jacken waren für ihn ausgesprochen unvorteilhaft. Aber was soll's? Er konnte es sich ja nicht aussuchen.
Jetzt, wo Claus wieder in seiner Wohnung steht, ist er selig.
Seine neue Uniform hängt aufgebügelt an der Gardinenstange im Wohnzimmer. Sie ist so schön, dass Claus immer wieder daran vorbeigeht und salutiert. Alles ist richtig geschrieben, und auch die Mütze passt wie angegossen.
Der einzige Nachteil der China-Ware ist, dass die Uniformen fast noch besser aussehen als die Originale. Einfach alles echter als in Echt. Das Blau der Hosen, fast schon zu blau. Die Hemden sind gebügelt und gestärkt. Und die Jacken sind derart perfekt geschnitten, dass sie auch von Hugo Boss hätten kommen können. Sogar der Reflektor an der Mütze reflektiert intensiver als bei den echten Polizeikappen.

Auf Streife gehen ist für Claus besser als Sex. Nicht, dass ihn Sex reizt. Aber die Straßen entlangzulaufen und genau so angeschaut zu werden, wie Polizisten eben angeschaut werden, findet er rattenscharf. Er findet sich selbst rattenscharf. Die Uniform macht ihn jedes Mal zu einer Art Superheld des Alltags.

Natürlich geht Claus nicht dort auf Streife, wo er wohnt. Er ist ja nicht wahnsinnig. Alle würden ihn erkennen und vermutlich sogar melden. Nein, stattdessen setzt er sich in seinen kleinen Wagen und fährt in einen der östlich gelegenen Vororte. Dort stellt er sein Auto in das Parkhaus und setzt sich beim Aussteigen die Polizeimütze auf den Kopf. Dass das Tragen von Uniformen verboten ist, weiß er. Aber was soll denn schon passieren? Er tut ja nichts Falsches. Ganz im Gegenteil. Wenn die Omis und Kinder ihn auf den Gehwegen patrouillieren sehen, dann wirken sie beruhigt und respektvoll. Und die kleinen Ganoven am Straßenrand benehmen sich auch besser, wenn Wachtmeister Claus in der Nähe ist.

Sogar die Obdachlosen mögen ihn.

Der alte Manfred von der Ecke bezeichnet sich selbst sogar als Freund des »Polizisten Claus«.

Der alte Manfred ist eigentlich gar nicht so alt. Er ist nur der Penner in der Gegend, der die längste Vergangenheit auf dieser Straße hat. Hin und wieder wechseln sie ein paar Worte, und dann klopft Claus Manfred auf die Schulter, ermahnt ihn, sauber zu bleiben, und setzt dann seine Streife fort.

Wenn Claus sich an heißen Sommertagen an einen Gartenzaun lehnt und schwitzend einen Moment die Mütze abnimmt, dann kommen die alten Damen gerne gelaufen und versorgen ihn mit selbstgemachter Limonade oder einem Becher Eistee.

Er, der Zuhause sein Wohnzimmer nicht betritt, wenn er eine Spinne sieht, er vermittelt hier Sicherheit.

Das fühlt sich unfassbar gut an.

Natürlich kann Claus keine Polizeihandlungen vornehmen. Und echten Schwierigkeiten geht er konsequent aus dem Weg. Vor ein paar Tagen ist er beinahe zwei echten Polizisten in die Arme gelaufen. Das wäre eine Katastrophe gewesen. Die Beamten in der Gegend kennen sich sicherlich, und sie hätten ihn nach Dienstausweis und Identität gefragt.

Wenn Claus jemanden beim Falschparken sieht, dann weist er ihn an Ort und Stelle auf sein Vergehen hin und »drückt noch mal ein Auge zu.«

Die kleinen Dealer schickt er für den Rest des Tages nach Hause. Jeder mag diesen kleinen untersetzten Wachtmeister mit der schönen Uniform.

Claus läuft den schmalen Weg zwischen den Gärten entlang. Hinten am Hosenbund klappern seine Kunststoffhandschellen an dem Hartplastik Schlagstock. Weiter vorne kann er das Gebäude der Sparkasse erkennen. Rechts davon steht die Post. Mittlerweile ist bei der Post wahnsinnig viel automatisiert. Man kann Päckchen gegen Eingabe eines Codes aus Boxen abholen, Briefmarken am Automaten ziehen und den Rest ohnehin online erledigen. Claus mag dieses Unpersönliche überhaupt nicht.

Natürlich hat er auch eine Postbotenuniform im Schrank. Aber die zieht er schon lange nicht mehr an. Postboten werden mittlerweile überhaupt nicht mehr respektiert. Man brüllt ihnen nach und schreit sie an, wo denn die ein oder andere Postsendung schon wieder abhanden gekommen sei. Als Postbote hat man es schwer und wird nur unangenehm angesprochen.

Auch die Uniform eines Feuerwehrmannes war gänzlich ein Fehlkauf. Was war schon ein Feuerwehrmann ohne Feuerwehrauto? Claus hätte einen Brand noch nicht einmal auspinkeln können. Er hat Probleme mit der Blase. Schon seit seiner Kindheit.

Nach dem letzten Garten will er den Weg nach rechts einschlagen und dann den Platanenweg hinunter bis zur Birkenstraße gehen. Aber was er dort hinten sieht, lässt fast sein Herz stehen bleiben. Schnell wendet er sich wieder geradeaus, überquert mit eiligem, aber nicht hastigem Schritt die Straße und betritt die Halle der Bank. Er weiß nicht, was er machen soll, also zieht er seine EC-Karte aus der Brieftasche und tut so, als ob er seine Kontoauszüge kontrollieren wolle.

Aber das Schicksal meint es nicht gut mit ihm. Auch die beiden Polizisten, die er soeben noch auf der Straße gesehen hatte, betreten die Bank. Sie wenden sich den Geldautomaten auf der linken Seite zu und unterhalten sich über dies und das, während einer der beiden offensichtlich Bargeld abhebt.

Claus' einzige Chance, ungesehen an ihnen vorbeizukommen, ist genau in dem Moment, als der Automat das Geld auszahlt und beide nach unten auf den Ausgabeschlitz schauen.

So können der große brünette Polizeibeamte und der etwas kleinere Blonde ihn nicht auf dem Weg zum Ausgang ausmachen.

Und dann geht alles ganz schnell.

Der Mann mit der Skimaske stürmt direkt an Claus vorbei in die Schalterhalle.

Und läuft dort ungebremst den beiden Beamten in die Arme. Die haben natürlich nicht mit so einer Überraschung gerechnet, und als Claus ihnen ein lautes »Achtung« entgegen brüllt, stellen sie sich dem Mann mit der schwarzen Kleidung reflexartig in den Weg. Claus ist beeindruckt. Die Beiden sind offenbar ein eingespieltes Team. Polizeiprofis eben. Er würde eigentlich noch gerne zuschauen, wie die beiden Polizisten den Räuber abführen. Aber er ist sich sicher, dass er nun nur noch eines tun kann. Nämlich, die Füße in die Hand nehmen und die Bank so schnell es geht zu verlassen. Er wird sonst in wenigen Minuten auffliegen. Das ist so sicher wie das Amen in der Kirche.

Claus dreht sich hastig über seine rechte Schulter in Richtung Ausgang und reißt dabei den zweiten Bankräuber, der soeben in das Bankgebäude stürmt, zu Boden.

Wieso reagieren die beiden Beamten so verhalten? Sie ziehen keine Waffen und wirken irgendwie panisch. Sollten sie durch den Banküberfall so irritiert sein, dass sie auf Waffengewalt verzichten wollen? Der vordere Bankräuber macht auf dem Fuß kehrt und versucht, sich wieder zur Eingangstür durchzuschlagen. Ihm hinterher die beiden Polizisten. Einer der Bankangestellten reagiert prompt. Die Außentür schließt sich automatisch, und auch die zweite Tür, die quasi als eine Art Schleuse funktioniert, schiebt sich zu.

Nun sind alle fünf, also Claus, seine beiden echten Kollegen und die beiden Bankräuber, in der Schleuse der Bank gefangen.

Immer noch fragt sich Claus, warum keiner der Beamten seine Waffe zieht. Doch dann regieren die Polizisten und greifen hinter sich. Claus ist beruhigt. Gleich würden sie die Räuber in die Knie zwingen, zur Not auch erschießen, und den nahenden Kollegen übergeben.

Ja, er würde einen Heidenärger kriegen. Schon wegen der Uniform und der Amtsanmaßung. Aber er wäre bei einem echten Einsatz dabei gewesen. Er wäre zehn Minuten lang echter Polizist gewesen. Er wäre. Aber er ist nicht.

Die Tür ist fest verschlossen. Keiner kann zurück in den Schalterraum oder hinaus auf die Straße. Beide Bankräuber versuchen die Türen mit Schüssen aus Handfeuerwaffen zu zerstören. Aber alles, was sie produzieren, sind Querschläger, denen sie selber kaum ausweichen können. Claus spürt einen Schlag. Vor ihm fällt der größere der beiden Polizisten auf die Knie. Er schaut sich fassungslos um, während er zu Boden sinkt. Aber auch Claus wird getroffen.

Die Räuber fangen an, sich gegenseitig anzubrüllen. Der misslungene Überfall scheint sie nur halb so sehr zu entsetzen wie das Wissen, dass sie soeben drei Polizisten getötet haben. Aber all das ist jetzt egal. Von draußen scheint das Licht herein. Es ist hell.

»Claus, Ich habe heute keine schutzsichere Weste für dich!« hört er Heidi Klum flüstern.

Steht da hinten hinter dem Gartenzaun nicht die alte Frau Meller, die ihm gerade noch einen Eistee gebracht und sich über die Hundebesitzer beschwert hatte? Er ist sich nicht mehr sicher.

Claus schmeckt Blut auf seinen Zähnen. Es läuft ihm aus dem Mund direkt in die Nase. Die Panik, die er gerade noch hatte, weicht einer tiefen Ungläubigkeit. Er wird sterben. Zweifellos. Er kann seinen Körper schon jetzt kaum mehr spüren. Auf seiner Brust liegt der Kopf des großen, dunkelhaarigen Polizisten. Mit letzter Kraft schafft es Claus, die Mütze ordentlich auf den Kopf des Mannes zu ziehen. Ehrensache.

Er hat nicht als echter Polizist gelebt. Aber hier wird er mit echten Kollegen im Dienst sterben. Claus lächelt.

Zwei Meter von ihm entfernt hat der blonde Kollege gerade aufgehört zu atmen. Einfach so.

So sind sie eben. Die Helden des Alltags. Sie dienen, und sie sterben im Dienst. Still. Leise. Klaglos. Und in seiner Uniform sieht er aus wie einer von ihnen. Draußen hört er Martinshorn und erkennt Blaulicht. Claus ist stolz. Und dann stirbt er.

Der alte Manfred von der Ecke sitzt am Tresen beim zweiten Bier, als er das Foto seines Freundes im Fernsehen sieht. Neben Claus sind zwei weitere Polizisten in Uniform abgebildet. Unter allen drei Fotos ist ein Kreuz. Er bittet Patricia, den Ton etwas lauter zu drehen, und die Bedienung erfüllt ihm seinen Wunsch.

Die Reporterin mit dem Mikrofon steht vor der Bank, nur ein paar Blocks weiter. Manni weiß von dem Überfall, der vor drei Tagen dort stattgefunden hatte. Aber er weiß nicht, dass sein Freund, der Wachtmeister Claus, darin verwickelt war.

Mit offenem Mund sitzt er vor seinem Becks, und seine Augen scheinen fast auf die zerkratzte Platte der Bar zu fallen.

Manfred kratzt sich am Kopf.

»...kam es zu einer verblüffenden Entwicklung. Nachdem anfangs bekannt war, dass der Beamte hier ganz links im Bild nicht echt war, stellte sich heraus, dass auch die anderen beiden Polizisten nicht im Polizeidienst standen. Keiner der beteiligten Beamten war tatsächlich Polizist. Bei allen drei Männern handelte es sich um Zivilisten in falschen Uniformen. Noch weiß man nicht, ob diese drei falschen Polizisten im Team agiert haben oder ob es eine zufällige Begegnung war. Fakt ist, dass die Beamten zwar falsch waren, aber das Richtige taten. Sie legten den Räubern das Handwerk. Dass dabei alle drei Männer ums Leben kamen, ist natürlich

überaus tragisch. Ob echt oder unecht, die echten Kollegen sind stolz auf die drei Männer.«

Es geht weiter mit dem Wetter für die nächsten Tage, und Patricia schaltet den Ton wieder ab.

Manfred steht auf, wirft ein paar Münzen auf den Tresen und verlässt das Lokal. Mit Blaulicht fährt ein Streifenwagen an ihm vorbei, aber er blickt nicht auf. Der einzige Polizist, den er mochte, war gar keiner. Er war keiner, und er ist tot. An der Ecke klaut er eine Zeitung. Es kann ihn ja keiner mehr verhaften. Das Bild von Claus will er ausschneiden. Für ihn wird er ein Polizist bleiben. Der beste, den er kannte.

Schluss machen

Erika dämmerte immer wieder ein. Aber dann wurde sie durch einen in die Gegenrichtung vorbeifahrenden Zug geweckt. Das Geräusch und der Druck ließen sie zusammenzucken. Dann schaute sie wieder hinaus in die Dämmerung. In etwa fünfzehn Minuten würde die Durchsage kommen, dass sie gleich in den Stuttgarter Bahnhof einliefen. Sie würde ihre Jacke überstreifen und sich bereit machen, den Zug zu verlassen.

Noch einmal drückte sie auf die Wahlwiederholung. Aber auch dieser Anruf lief ins Leere.

Nun gut. Sie würde ihm ohnehin gleich gegenüberstehen. Ihr Blick wurde glasig. Obwohl sie wusste, dass die Trennung richtig war, und dass sie ihn damit nicht mehr überraschte, hatte sie Angst vor diesem Moment. Der Moment, in dem er trotz aller Warnungen und Streitereien von der Konsequenz ihrer Scheidungspapiere niedergestreckt werden würde. Es würde Tränen geben. Auf beiden Seiten. Aber es musste nun einmal ein Ende haben. Nach einem weiteren Versuch ließ sie das Telefon in ihre Tasche gleiten. Dann sollte es eben nicht so sein.

Sie lehnte ihren Kopf an das Fenster und beobachtete die dünnen Regentropfen, die durch die Geschwindigkeit des Zuges nicht nach unten flossen, sondern in einem Bogen nach oben gedrückt wurden, wo sie sich am hinter ihr liegenden Ende des Fensters im Rahmen sammelten.

Sie saß direkt hinter der Milchglasscheibe, die das sonst leere Abteil von dem Führerstand des ICE abtrennte. Schon oft hatte sie von hier aus den Blick auf die vor ihr liegende Strecke werfen können. Dieses Mal hielt sie sich aber an den Anblick der Regentropfen.

Soeben hatten sie die letzte Brücke durchfahren, die vor dem Zielbahnhof lag. Sie mussten eine Weiche passiert haben, denn sie hatte einen leichten Schlag verspürt.

Es war nicht weiter wichtig. In Gedanken ging sie den Dialog durch, der in weniger als einer Stunde vor ihr lag.

Wieder floss ein sich mit anderen verbindender Tropfen an ihr vorbei. Sie atmete tief durch und folgte ihm mit dem Blick. Was war anders? Der Zug schien abzubremsen. Eigentlich viel zu früh. Der Tropfen begann eine Kurve zu machen. Langsam bewegte er sich mit der abnehmenden Geschwindigkeit des ICE nach unten.

Sie wusste, sie würde Casper das Herz brechen. Aber er war erwachsen und würde es begreifen. Sie konnte nicht immer die Verantwortung für ihn übernehmen. Er würde es schon überleben. Irgendwie. Der Zug kam zum Stillstand. Mitten auf der Strecke.

Erika reckte sich, um zu erkennen, ob sie irgendwas auf den Gleisen vor dem Führerstand sehen konnte. Aber außer des trüben Grau vor ihr konnte sie nichts ausmachen. Sie würden es schon erfahren. Erika ließ sich zurück in den Sitz fallen und suchte an der Scheibe nach dem, was sie zuletzt wahrgenommen hatte. Irgendetwas daran hatte sie gestört.

Es knisterte in den Lautsprechern. Ihre Stirn zog sich in Falten. Die Tropfen, die sich am unteren Ende des Fensters sammelten, waren verblasst. Wieso verblasst? Erika schloss einige Sekunden konzentriert die Augen.

In dem Moment, in dem die Durchsage kam, schoss es ihr durch den Kopf. Die Tropfen waren verblasst, nachdem sie sich mit dem Regen verbunden hatten. Aber als sie vom Metall der Zugspitze in Richtung Fenster trafen, waren sie rot.

Der unvorhergesehene Halt, der mit stockender Stimme entschuldigt wurde, ließ ihr einen Schauder über dir Haut laufen. Schlagartig war sie sicher. Es war keine Weiche, die sie vorhin gespürt hatte. Und die roten Tropfen an der Scheibe waren auch kein Regen. Erika schlug beide Hände vor den Mund. Casper würde Zuhause auf sie warten müssen. Er wusste, mit welchem Zug sie kam. Die Besprechung der Scheidung würde sich verzögern.

Hier hatte sich mit allerhöchster Wahrscheinlichkeit eine arme Seele vor den Zug geworfen.

Mit zittrigen Händen griff sie in ihre Handtasche. Vielleicht konnte sie ihn jetzt erreichen. Ihm sagen, dass sich ihre Ankunft verzögerte. Ihm diese eine kleine Sorge nehmen.

Sie hörte das Freizeichen. Aber niemand ging ran.

Und oben auf der Brücke surrte das Handy im Sakko, das über der Brüstung lag. Und niemand nahm ab.

Schön sein

»Renate kommt nicht mehr zurück? Sie bleibt in dieser Anstalt und lässt sich von Kassenärzten gesundpflegen? Armselig, wie leicht sich manche Menschen aus der Bahn werfen lassen.«

Die Kundin ließ ihren Pelzmantel auf das Sofa gleiten, von wo aus er auf den Boden fiel. Dann wendete sie sich der jungen Frau zu, hob beide Handflächen nach oben und schüttelte mit dem Kopf.

»Könnten Sie ihn gefälligst an die Garderobe bringen, oder soll ich das selber machen?«

Gundula hob den Mantel auf und wandte sich dem Wandschrank zu. »Moment!«

Die Kundin kam zwei Schritte auf sie zu und zog Autoschlüssel und Brieftasche aus der Tasche des Blaufuchs-Capes. »Nicht, dass nachher noch etwas fehlt.«

Gundula unterdrückte ein Seufzen. Das war genau die Kategorie Kundschaft, vor der Renate sie gewarnt hatte.

Ohne zu zögern, ging die Frau in den Behandlungsraum und legte sich auf den Stuhl.

»Es wäre schön, wenn wenigstens Sie in der Lage wären, das Fiasko, das ihre Kollegin angerichtet hat, wieder in Ordnung zu bringen. Ich sehe ja aus wie meine eigene Putzfrau.«

Gundula konnte nicht auf Anhieb erkennen, wo das Problem sein sollte. Die Frau war sicher Ende fünfzig, hatte sich Dank medizinischer Hilfe gut gehalten, und nur der zynische Zug um ihre Mundwinkel verriet, dass es sich bei ihr um keinen guten Menschen handeln konnte.

»Na, das sieht man doch auf Anhieb! Renate hat meine Augenbrauen viel zu langweilig bearbeitet. Ich will mehr Drama! Ich bin doch nicht irgendwer. Kaum, dass eine Woche vergangen ist, sehe ich nur noch zwei blassbraune Striche im Gesicht. Ich will Drama! Begriffen? Oder sind Sie genau so begriffsstutzig wie ihre Kollegin?«

Gundula blieb ruhig. Es hatte keinen Sinn sich aufzuregen.

»Also den Lidstrich und die Brauen?«

»Das habe ich doch gerade gesagt!«

Gundula griff hinter sich und öffnete die Betäubungslotion mit einer Hand. Mittlerweile waren die Cremes derart gut, dass die Kundschaft beim Permanent Make up kaum noch etwas von der Behandlung spürte.

Mit einem Stift zeichnete die Kosmetikerin die Brauen nach und reichte der Kundin einen Spiegel.

»Wollen Sie mich verarschen? Das ist doch wieder nichts. Ich kann kaum einen Unterschied erkennen.«

»Also kräftiger?«

»Sie sind auch nicht wirklich helle, oder? Natürlich kräftiger! Und jetzt geben Sie sich Mühe und geben mir den Spiegel erst wieder, wenn Sie es hinbekommen haben.

Gundula atmete durch die Nase ein und durch den Mund aus. Es fiel ihr schwer, bei der Kundin nicht aggressiv zu werden.

Aber gut. Sie wollte sich Mühe geben. Mit vor Wut zitternder Hand würde ihr das nicht gelingen. Sie zog zwei neue Bögen und verzichtete darauf nach dem Spiegel zu greifen.

»Noch ein kurzer Kontrollblick?« Die Frage war rhetorisch.

»Haben Sie mich nicht verstanden? Ich sagte, geben Sie mir den Spiegel erst wieder, wenn Sie fertig sind!«

Gut. Dann eben nicht. Gundula kontrollierte, ob die zu bearbeitenden Partien schon ausreichend betäubt waren, zog ihren Mundschutz nach oben und wusste, was zu tun war.

»Es ist unfassbar, wie schnell die Menschen heutzutage alles hinschmeißen. Aufgeben käme für mich nicht in Frage. Und schon gar nicht wegen eines Kerls.«

Die Stimme der Frau klang unfassbar arrogant, und Gundula befürchtete, dass sie auf Renate anspielte. Aber sie selbst äußerte sich nicht.

»Wobei ihre Kollegin nun wirklich auch nicht so aussieht wie eine Frau, bei der ein Mann gerne bleibt. Es wundert mich ohnehin, dass in ihrer Branche Frauen arbeiten dürfen, die nicht auch nur annähernd einem europäischen Schönheitsideal entsprechen.«

Die Kosmetikerin setzte die Nadel kurz ab, legte den Kopf in den Nacken und schloss einen Moment die Augen.

Das hatte diese Frau nicht wirklich gesagt, oder? Sie öffnete ihre Augen wieder und beschloss, noch gründlicher zu arbeiten. Mit einem Stift korrigierte sie ein weiteres Mal die Form der Brauen und setzte dann wieder mit der Nadel an.

»Aber dann gleich so durchzudrehen, wenn der Mann sich für was Hübscheres entscheidet. Völlig übertrieben. Sie hätte ihn vielleicht rechtzeitig mit ein, zwei Kindern an sich binden sollen. Aber das hat sie ja auch nicht hingekriegt.«

Gundulas Augen brannten. Sie erinnerte sich daran, wie Renate nach jeder Fehlgeburt bitter geweint hatte und wie enttäuscht Andreas war, dass er wieder keinen Stammhalter bekäme. Aber das würde sie dieser Frau hier nicht erzählen. Sie würde nichts über Renate oder über sich selbst preisgeben. Die Frau wollte eine Dienstleistung von ihr und sonst nichts. Und die sollte sie auch bekommen. Genau so, wie sie es verlangte. Dramatisch.

»Wer hat sie eigentlich gefunden? Vielleicht wäre es für sie besser gewesen, wenn sie es tatsächlich geschafft hätte. Und ich sage das wirklich aus größter Nächstenliebe. Wer sich das Leben nehmen möchte, bloß weil keiner einen will, dem kann man fast nur noch Erfolg wünschen. Sie wird es eh wieder probieren. Aber mir kann es egal sein. Kosmetikerinnen gibt es wie Sand am Meer. Für mich ändert sich da nichts.«

Inzwischen zitterte Gundulas Hand doch. Aber sie arbeitete zügig und präzise.

»Sie haben da sicher mehr Glück als ihre Kollegin. Sie sind jung und sehen nicht ganz so verbraucht aus. Haben Sie einen Freund? Sind Sie verheiratet?«

Gundula antwortete nur mit einem kurzen, nichtssagenden »Hm« und setze ihre Arbeit fort. Nie war sie eifriger und wollte eine Kundin dennoch so schnell loswerden wie diese.

Wenn sie sich noch länger diesen widerwärtigen Monolog anhören müsste, wäre sie imstande diese Frau eigenhändig zu erwürgen. Aber Gundula hatte sich unter Kontrolle. Sie würde ihren Job machen, so gut sie konnte. Dieses Mal würde sie so perfekt sein wie nie zuvor.

Sie trug erneut das Oberflächenanästhetikum auf. Die Kundin wollte die Nadel nicht spüren, und das musste sie auch nicht. Kein Problem.

»Ich gehe davon aus, dass Sie gelernt haben, was Sie hier machen? In der Regel lasse ich nur Fachleute an meinen Körper, aber so ein bisschen Kosmetik kann man ja sicherlich auch mit einem Hauptschulabschluss lernen.« Sie kicherte.

»Ich habe Abitur, und ich habe die Ausbildung mit Auszeichnung abgeschlossen.«

Gundula ärgerte sich, dass sie auf die Bemerkung der Kunden eingegangen war.

»Abitur und dann kein Studium? Dann kann es auch nicht so berauschend gewesen sein. Aber was soll's? Es braucht ja in unserem Land nicht nur Häuptlinge, sondern auch Indianer. Es hat schon alles seine Richtigkeit.«

Die Kosmetikerin riss sich zusammen. Es war ihre eigene Schuld, dass sie dieser Frau diese Steilvorlage geliefert hatte. Sie würde versuchen, nicht mehr zuzuhören.

Vorhin hatte sie noch überlegt, ob es nicht besser gewesen wäre, die Kundin abzulehnen. Aber im Prinzip war es gut so, wie es war. Jeder sollte bekommen, was er wollte.

»Noch eine kurze Kontrolle?« Die Frage war überflüssig.

»Sind Sie fertig, oder haben Sie mich vorhin nicht verstanden?«

»Okay, kein Problem! Wir haben es auch bald.«

Sie wischte der Frau mit einem desinfizierenden Tuch über Stirn und Augenlider und legte ihre Geräte ins Regal. Sie würde sie gleich reinigen und ebenfalls desinfizieren. Dann fuhr sie den Stuhl wieder nach oben und stellte sich vor die Frau.

Gundula lächelte, als sie der Kundin den Handspiegel reichte. Und sie musste ein lautes Lachen unterdrücken, als die Frau begann hysterisch zu schreien.

Ihr Blick wechselte hektisch zwischen ihrem Spiegelbild und der jungen Kosmetikerin, die lächelnd vor ihr stand. Dann warf sie den Spiegel mit aller Gewalt an die Wand.

»Sind Sie wahnsinnig?«

Die Kundin fuhr sich mit beiden Händen durchs Gesicht, und ihr Blick suchte einen weiteren Spiegel, in dem sie sich betrachten konnte. Mit einem Hieb wischte sie die ausgestellten Fläschchen und Tiegel von einem der Glasregale und schaute in den dahinterliegenden Spiegel. Dann schrie sie erneut.

»Ich sehe aus, ich sehe aus wie ein Clown!« Sie drehte sich um und schlug tobend mit beiden Fäusten auf die Sitzfläche des Kosmetikstuhles ein. Gundula wich zurück. Sie hatte nicht wirklich Angst vor der Frau, aber sie wollte auch nicht vor ihr stehen, falls die Rage noch weiter überborden sollte.

»Das werden Sie bereuen. Das werden Sie bitter bereuen. Ich zeige Sie an. Das ist Körperverletzung. Sie Wahnsinnige, Sie.«

Jetzt musste Gundula sich sehr beherrschen, nicht zu lachen. Je wütender die Kundin wurde, um so mehr hoben und senkten sich die beiden dunklen Bögen über ihren Augen, und wirkten zusätzlich grotesk.

Ja, gut. Der Lidstrich war genau so geworden, wie sie es sich gewünscht hatte, und auch die Augenbrauen hatten den clownesken Bogen, der dieser Kundin zustand. Die zwei ungleichen Bögen schlossen sich beinahe in der Mitte und ähnelten ein bisschen dem »M« des McDonald Logos.

Renate würde diese Kundin sicher auf Lebenszeit verlieren. Außerdem war eine Klage so sicher wie das Amen in der Kirche. Aber

Schönheit liegt im Auge des Betrachters, und wer wusste, ob sich die Kundin bei ihrem Wunsch nach Permanent Make up wirklich richtig ausgedrückt hatte?

Sie hatte die Kundin mehrfach gefragt, ob sie die Form des Permanent Make ups vor der Arbeit kontrollieren wolle. Sie wollte mehr Drama, und das hatte sie jetzt auch bekommen.

Gundula wusste, dass die Schwierigkeiten, die sie bekommen konnte, überschaubar waren. Die Kundin hatte Zwischenkontrollen abgelehnt und auf »Drama« bestanden. Die Haftpflichtversicherung würde sich zur Not endlich mal auszahlen.

Zügig ging die Kosmetikerin an den Wandschrank und nahm den Pelzmantel heraus. Sie reichte ihn der tobenden Kundin. Immer noch ruhig und lächelnd. Natürlich würde die Frau nicht bezahlen. Gundula war schon zufrieden, dass sie nicht noch mehr um sich schlug, sondern ihr lediglich den Mantel aus der Hand riss und zur Tür stürmte.

»Das werden Sie bereuen. Bitter bereuen. Sie kleines, dilettantisches Miststück, Sie!«

Dann ertönte die Türglocke, und fort war sie.

Die Kosmetikerin blickte ihr durch das Schaufenster ein Weilchen hinterher. Noch im Gehen zog die Kundin eine Sonnenbrille aus der Tasche. Jetzt konnte Gundula das Lachen nicht mehr zurückhalten. Egal, wie groß die Brille wäre, die Bögen, die die tätowierten Augenbrauen bildeten, würden den Rahmen überragen. Sie hatte ganze Arbeit geleistet.

Fünfzehn Minuten später hatte sie das Studio wieder aufgeräumt. Renate hatte sie gebeten, den Betrieb so gut es ging weiterzuführen, und Gundula würde dafür sorgen, dass hier alles so blieb, wie es war, als sie das Studio kurzfristig übernahm. Sollte Renate sich wieder vollständig erholen, könnte sie zurückkommen und alles in bestem Zustand wiederfinden. Lediglich diese Kundin hier würde fehlen.

Sie nahm ihre Tasche und schloss das kleine Kosmetikstudio ab. Es hatten sich für heute keine weiteren Kunden angesagt, und sie würde

Renate in der Klinik besuchen gehen. Wann immer es ging, versuchte sie Zeit mit ihrer älteren Schwester zu verbringen. Und heute hätte sie ihr eine ganz besondere Geschichte zu erzählen.

TV Star

Elisabeth steht vor ihrem Fernsehgerät. Auf dem Bildschirm zückt Richard Gere ein wunderschönes Rubin-Collier, und Elisabeth juchzt auf. Er wird die Schatulle mit dem Schmuck gleich kurz zuschnappen lassen, um sie dann wieder zu öffnen und ihr das Collier um den Hals zu hängen.

Elisabeth lächelt.

»Pretty Woman«. Sie kennt jede Szene in diesem Film. Und in hundert anderen Filmen ebenfalls. Sie spielt alle weiblichen Hauptrollen. Und zum Teil die männlichen auch noch.

Allerdings nur vor dem Fernsehgerät. Und nur in ihrer Phantasie.

Es ist nicht so, dass Elisabeth noch nie vor der Kamera gestanden hat. Sie hat sich schließlich schon vor langer Zeit in allen Castingagenturen beworben, die sie fand. Dort ist sie unter Hunderten anderer Kamera-affinen Menschen gelistet. Stets mit hübsch frisierten Haaren und einem sanften Lächeln. Wie die anderen eben auch.

Wenn jemand sie allerdings korrekt als Statistin oder Komparse bezeichnet, winkt sie ab.

Auf ihrer Visitenkarte steht »Elisabeth Heidenau – Schauspielerin«.

Alles begann vor vielen, vielen Jahren, mit dem Kinderprogramm. Sie selbst muss vielleicht zehn oder elf Jahre alt gewesen sein. Schon vorher hatte die Lehrerin die Schüler informiert, dass jemand vom Fernsehen kommen wollte.

Es ging um eine TV Sendung, für die zwei Jungen und ein Mädchen gesucht wurden. Seit früh am Morgen hatte Elisabeth sich auf den Besuch der Fernsehleute vorbereitet. Ihre Mutter drehte ihr die Haare zu Spirallocken auf, und mit Puder und Abdeckstift sorgte sie dafür, dass ihre Sommersprossen verschwanden. Die Jeans und Bluse wichen einem rosa Sommerkleid, und die weißen Ballerinas wurden extra für diesen Tag angeschafft.

»Wie Shirley Temple siehst du aus, Liebes. Wie Shirley Temple.« Hatte ihre Mutter immer wieder gesagt.

Elisabeth wusste nicht, wer Shirley Temple war. Aber dass sie eine großartige Schauspielerin gewesen sein musste, war ihr klar.

Fünf Stunden später hatte sie sich das ganze Make up aus dem Gesicht geheult. Die Leute vom Fernsehen hatten die kleine, dürre Marie gewählt.

Haare wie Schnittlauch. Sommersprossen, sogar auf den Armen. Und einen Sprachfehler, für den sie gar nicht ausreichend aufgezogen werden konnte.

Sie hatten das langweiligste Mädchen aus der Klasse gewählt und nicht sie. Elisabeth Heidenau. Geboren für ein erfolgreiches Leben vor der Kamera.

Den ganzen Nachmittag weinte sie Zuhause in ihr Kissen. Und in den folgenden beiden Tagen musste ihre Mutter sie in der Schule entschuldigen.

Sie hatte den Leuten vom Fernsehen noch nicht einmal erklären können, warum Marie die falsche und sie die richtige Wahl gewesen wäre. Immer wenn sie dazwischen rief und sagte, dass sie soweit wäre, wurde sie fortgeschickt. Freundlich, aber bestimmt.

Als die Serie ausgestrahlt wurde, hatte sich die gesamte Unterstufe in der Aula versammelt. Sogar die meisten der Lehrer wollten sich die Show nicht entgehen lassen.

Schon während des Vorspanns lief Elisabeth auf die Toilette und erbrach sich vor Wut.

Marie hatte ihr die Rolle gestohlen. Hässlich wie sie war. Mit Sommersprossen und einem Gesicht wie ein Junge.

Wieder musste Elisabeth spucken.

Und dann schlich sie sich in den Schulhof. Sie würde sich das nicht ansehen. Es konnte keine gute Sendung sein. Nicht mit Marie.

Nachdem sie ihre Schule beendet und eine Lehre als Schneiderin abgeschlossen hatte, beschloss Elisabeth, auch künftig im Haus ihrer Mutter zu leben. Ihr Vater war schon vor langer Zeit verstorben, und weitere Geschwister hatte sie nicht. Sich gebunden oder gar geheiratet hatte sie auch nicht.

Es gab eine Zeit, da schrieb sie sich mit Ferdinand Fürholz. Dem Hauptdarsteller aus einer Vorabendserie. Hunderte Briefe hatte Elisabeth geschrieben. Und einige kamen auch von ihm bei ihr an.

Natürlich konnte er nicht so oft schreiben wie sie selbst. Das wusste Elisabeth. Er war schließlich ein Star. Ein echter Schauspieler, den jeder kannte. Na ja, zumindest den Menschen, die diese Serie verfolgten, war er ein Begriff.

Elisabeth baute einen Ferdinand Fürholz Fanclub auf und sammelte jeden Zeitungsausschnitt, den sie finden konnte.

Hin und wieder schrieb er ihr, dass er sich über ihre Unterstützung freue und sie sich mal persönlich kennenlernen sollten. Vielleicht würde er sie sogar mal zu einem Filmfest oder Ball mitnehmen. Das Letzte schrieb er zwar nicht, aber zumindest schrieb er auch nicht das Gegenteil.

Elisabeth war begeistert. Sie war bis über beide Ohren verliebt. Dann, irgendwann, behauptete eine Zeitung, dass Fürholz schwul sei und schon lange mit einem Mann zusammenlebe.

Elisabeth lachte über diese Gerüchte. Natürlich konnte das nicht wahr sein. Sie stand ihm ja am allernächsten. Vermutlich hatte er seine Liebe zu ihr bloß deshalb nicht offenbart, weil er sie vor der Presse schützen wollte.

Fürholz dementierte die Gerüchte über seine Homosexualität nicht. Es kam sogar schlimmer. In einem großen Interview in einer Illustrierten zeigte er sich mit seinem Freund im gemeinsamen Haus. Sie kochten Spaghetti, saßen auf dem Sofa und liefen durch den Garten.

Elisabeth schrie vor Wut, als sie alle seine Bilder von den Wänden riss. Er hatte sie betrogen. Er hatte sie und ihre Zuneigung benutzt. Er würde sie nie den großen Filmleuten vorstellen und ihr die Gelegenheit geben, selber ein Star zu werden. Dass er das auch nie behauptet hatte, wollte sie nicht hören.

Seitdem versuchte sie es auf eigene Faust. In den letzten Jahren durfte sie bei ein paar deutschen Produktionen durchs Bild laufen. Sie gab die Touristin, die an einer Ampel stand, eine Marktfrau, die dem Hauptdarsteller eine Banane reichte und eine Joggerin. Eine Leiche in einem Tatort durfte sie ebenfalls spielen. Sagen durfte sie allerdings nie etwas. Und im Abspann wurde sie auch nicht erwähnt.
 Aber Elisabeth weiß, dass ihre große Chance noch kommen wird. Irgendwann werden die Menschen hinter den Bildschirmen ihren Namen kennen. Sie werden sie um Autogramme bitten und versuchen ein gemeinsames Bild mit ihr zu erhaschen.

Es ist ein Mittwoch. Und so wie an jedem Mittwoch, fährt sie in die Stadt, um das Grab ihrer Mutter zu besuchen. Es ist jetzt schon fast zehn Jahre her, dass der Tumor in ihrem Kopf ihr erst das Augenlicht und dann recht zügig das Leben nahm.
 Im Anschluss läuft sie ein bisschen durch die Straßen der Innenstadt. Hin und wieder bleibt sie stehen und betrachtet sich selbst im Schaufenster. Sie wendet sich nach rechts und links und legt den Kopf ein wenig schräg. Sie ist zufrieden mit dem was sie sieht und geht wieder weiter. So wie jeden Mittwoch betritt sie das Geschäft des großen Juweliers in der Prachtstraße. Vor langer Zeit hat sie sich hier mal ein Paar Ohrringe gekauft. Seitdem hat sie das Gefühl, dass sie dort jederzeit willkommen ist.
 Sie schlendert an den Vitrinen entlang, nickt der Verkäuferin zu, als kenne sie diese schon ewig, und steigt hinauf ins zweite Geschoss. Es sind bestimmt dreißig Menschen hier drinnen. Die Leute haben offenbar Geld und wollen es auch ausgeben.
 Als Elisabeth beschließt zu gehen und langsam und gediegen die Treppe hinabschreitet, gibt es einen Knall.

Die Besucher des Geschäftes reagieren panisch und laufen durcheinander. Der Eingang ist versperrt. Ein Mann mit einem Gewehr hindert die Kunden an der Flucht, während zwei weitere die Vitrinen einschlagen und den kostbaren Schmuck in drei Rucksäcke schleudern.

Elisabeth setzt sich auf eine Stufe. Sie bleibt ruhig. Bisher kennt sie solche Szenen nur aus dem Fernsehen. Vielleicht kann sie etwas für eine zukünftige Rolle lernen, wenn sie nur gut genug aufpasst.

Innerhalb weniger Minuten sind die drei Rucksäcke gefüllt. Aber noch bevor der Rückzug beginnen kann, stehen mindestens fünf Polizeifahrzeuge vor der Tür. Natürlich hatte der versteckte Alarm längst angeschlagen. Bei keinem Geschäft in dieser Straße muss dieser noch von Hand ausgelöst werden. Entweder sind die Räuber ziemlich schlecht informiert, zu dämlich oder auch einfach nur eiskalt.

Langsam bricht Hektik unter ihnen aus. Elisabeth entschließt sich, davon auszugehen, dass die drei mindestens schlecht informiert waren. Aber vermutlich neigen sie eher zur Dämlichkeit. Und sie sind unfassbar gereizt. Einem der Sicherheitsleute schießt der kleinste Maskierte vor Schreck ins Bein. Dabei hatte sich der Hüne von der Security nur etwas bequemer hingestellt.

Der Geschäftsstellenleiter versteckt sich hinter einigen Kunden in der Ecke und wimmert fortwährend wie ein kleines Kind.

In der Nähe der Treppe hört Elisabeth die drei flüstern.

Sie überlegen, was zu tun ist.

Sie wollen für Unruhe sorgen und dann, während sich alle um die Geiseln sorgen, die Flucht wagen. Sie losen aus, wer von ihnen dabei den Weg nach vorne wagen sollte, so dass die anderen auf Umwegen entkommen können.

Elisabeth fasst sich an den Kopf, als sie sieht, dass die drei mit einem simplen Schnick-Schnack-Schnuck-Spiel ihr Schicksal besiegeln. Der größte der Räuber verliert. Er muss sich nun eine der Geiseln aussuchen, die ihm Schutz bieten soll.

Nun steht Elisabeth langsam auf. Sie will die Männer nicht erschrecken und eine Schusswunde provozieren. Mit verschränkten Armen stellt sie sich vor den Mann, der soeben mit Schere gegen Stein verloren hat. Sie will ihm einen Vorschlag machen.

»Keiner von denen hier hat die Ruhe, eine ordentliche Geisel zu spielen.«

Sie streckt sich und sieht dem Typen mit der Waffe direkt in die Augen. »Die drehen doch alle durch und versauen die ganze Szene.«

Die drei Männer schauen sich fragend an. Dann heben die zwei anderen die Schultern. Noch nie haben sie erlebt, dass sich jemand freiwillig als lebendiges Schutzschild meldet.

Aber was sollen sie tun? Der Lange packt Elisabeth am Kragen und zieht sie an sich heran. Sein Arm hält jetzt ihren Hals, und ihr Hinterkopf ist an seine Brust gepresst. *Selber schuld, wenn sie sich gleich ein paar Kugeln fängt.*

Der Plan ist klar. Sie werden nicht halb so viel mitnehmen können, wie sie erhofft hatten. Aber nun, da ohnehin schon so viel schief gegangen ist, müssen sie es zumindest probieren.

Während der Anführer mit Elisabeth im Schwitzkasten und Waffe an ihrer Stirn das Geschäft nach vorne hin verlässt, werden die restlichen Geiseln über den Zugang zum Restaurant entlassen. Das schafft genügend Verwirrung. Die beiden anderen Verbrecher wählen den Ausgang über die Kellerschächte.

Als sich die Tür hinter der Geisel und dem Räuber schließt, herrscht eine beängstigende Stille auf der Straße. Elisabeth kann hinter den Fenstern und auf dem Dach Männer mit Waffen sehen. Und sie kann Kameras erkennen. Gegenüber, auf dem Dach und in der Seitenstraße. Übertragungswagen überall. Und alle sind live dabei.

»Das ist falsch so. So ist Ihr Arm vor meinem Gesicht.«

Elisabeth wird unwirsch. Sie zieht den Ellbogen des maskierten

Mannes ein wenig herab. Dann schiebt sie ein Bein vor und dreht sich ein bisschen in der Hüfte.

Der Kerl ist verdutzt, löst aber nicht den Griff um seine Waffe. Die Mündung an ihrer Schläfe scheint dieser Irren nicht das Geringste auszumachen. Sie steht in seinem Arm, die Hände in der Taille abgestützt und lächelt in die Kameras.

So können ihn die Bullen doch gar nicht ernst nehmen. Er zieht seinen Arm wieder fester um ihren Hals und schiebt sie vor sich her. Er wird jetzt mit der Polizei verhandeln müssen.

»Nein, nein, nein, so geht das nicht. Sie verwischen ja mein ganzes Make up. Sind Sie noch bei Sinnen?«

»Du hörst jetzt auf, hier wie ein Filmstar in die Kameras zu grinsen, du blöde Kuh. Du bist eine Geisel, und wenn du eine falsche Bewegung machst, dann bist du tot.«

»Gell, sie finden auch, dass ich lächeln kann wie Shirley Temple, nicht wahr?«

»Wer verfickte Scheiße nochmal ist diese verkackte Shirley Temple? Ich bring dich um, du blöde Kuh. Ich lass mich doch nicht von dir verarschen.«

So gut es geht, streicht Elisabeth sich eine Haarsträhne aus dem Gesicht und hebt die Hände in eine Pose, die sie bei Models im Fashion TV gesehen hat.

Der Räuber hält seine Geisel immer noch fest im Griff, aber sein Blick spiegelt wahres Entsetzen wider. Wieso hat er nicht die kleine japanische Verkäuferin als Geisel gewählt. Oder den Geschäftsstellenleiter, der die ganze Zeit geheult hat?

Die Kugel des Scharfschützen erwischt ihn genau zwischen den Augen. Elisabeth wäre beinahe mit ihm zu Boden gegangen, kann sich aber doch noch auf den Beinen halten.

Während die andern Polizisten das Juweliergeschäft stürmen, posiert sie vor dem großen Fenster mal mit dem einen und mal mit dem anderen Fuß auf der Leiche des Geiselnehmers. Das Klicken und Surren der Kameras kann sie fast physisch spüren.

Nie zuvor war sie so glücklich. Alle Kameras, alle Aufmerksamkeit gilt ihr. Sie ist der Star. Der Superstar. Und sie wirft so lange Kusshände zu den Menschen da draußen, bis sie von zwei Männern des SEK gepackt und in Sicherheit gebracht wird.

Elisabeth wacht auf. Sie lächelt, denn die Sonne scheint direkt auf ihr Kissen. Dann sieht sie die Bilder an der Wand. Zeitungsausschnitte und Titelblätter. Alle zeigen sie bei ihrem größten Auftritt. Elisabeth steht auf, verneigt sich und geht ans Fenster. Sie winkt hinaus. Es ist ihr egal, dass sie niemand sehen kann oder in der Nähe ist. Sie winkt und lächelt. Dann öffnet sich die Tür, und die Krankenschwester tritt ein.

»Hier Shirley. Deine Medizin.« Sie reicht ihr nacheinander alle Psychopharmaka, die sie seit ihrer Einweisung bekommt.

»Und heute schaust du wieder ganz bezaubernd aus.«

Der Makler

Sie wurde in einem weißen Sarg aus dem Haus gebracht. Weiß, edel und elegant. So wie sie selbst. Und so wie die Villa, die sie hinterließ. Der junge Mann stand noch in der Auffahrt, bis der Leichenwagen das Gelände verlassen hatte. Dann schloss er mit der Fernbedienung das große schmiedeeiserne Tor und griff nach seinem Telefon.

Die erste Besichtigung würde bereits am selben Abend stattfinden. Richten musste er nichts mehr. Die Villa war von der Witwe perfekt hinterlassen worden. Und er war genau der richtige Makler, der Objekte wie dieses an den Mann bringen konnte. Oder an die Frau.

Schon sehr früh hatte Moritz beschlossen, auf eigenen Füßen stehen zu wollen. Abhängig zu sein, war ihm zuwider. Von Menschen abhängig zu sein, die das genau wussten, war ihm ein Grauen.

Seit seine Mutter verstorben war, lebte er allein mit seinem Vater in der schönen Altbauwohnung seiner Großeltern. Oma Hiltrud und Opa Eberhard mochten den Jungen, aber sie hassten den Mann ihrer verstorbenen Tochter. Nachdem er ihnen noch am Abend der Beerdigung mit einer fremden Frau im Treppenhaus begegnete, hatten sie genug. Sie forderten ihn auf, die Wohnung zu verlassen. Um den Jungen würden sie sich gerne kümmern, aber er sollte verschwinden. Wenige Tage danach verunglückten die beiden bei einem Autounfall. Die Bremsen versagten am Hang, und die Fahrt endete in einer Gruppe alter Eichen. Moritz' Vater war am Boden zerstört. Der alte Jaguar war so ein schönes Auto gewesen. Aber manchmal musste man Opfer bringen.

So fiel Moritz als einzigem Erben die Immobilie in den Schoß. Und da sein Vater sein Vormund war, mussten sie sich räumlich nicht verändern.

Ab diesem Zeitpunkt verlor Moritz' Leben die geregelten Bahnen. Wenn er morgens aufwachte, um sich für die Schule zu richten, lag sein Vater noch mit einer Errungenschaft der letzten Nacht im Bett. Überall in der Wohnung verstreuten diese Frauen ihre Kleider, ihre Schuhe und ihre Unterwäsche.

Ein geregeltes Leben gab es nicht mehr. Für das Geld, das ihm die Freundinnen seines Vaters zum Essen gaben, ging er einkaufen. Und wenn er Glück hatte, war noch etwas von dem Essen da, wenn er aus der Schule kam.

Er war gerade zwölf Jahre alt, als eine der Gespielinnen seines Vaters ihn ansprach. Er sei so ein hübscher Junge. Sie gäbe ihm noch vier, fünf Jahre, dann würde sie nicht mehr zu seinem Vater ins Schlafzimmer gehen, sondern zu ihm.

Moritz lächelte. So wie immer. Seine Grübchen und seine strahlend graublauen Augen verfehlten ihre Wirkung nicht. Damals wie heute. Niemals würde er sich auf diese Damen einlassen. Egal, wie viel Geld sie ihm geben wollten. Er würde arbeiten. Und davon würde er leben. Dann wendete er sich ab und ging in sein Zimmer, um seine Hausaufgaben zu machen.

Noch bevor Moritz volljährig wurde, versuchte sein Vater ihn dazu zu bewegen, die Wohnung zu verkaufen. Das Geld ging ihm aus. Die Damenbesuche wurden spärlicher, und die, die noch kamen, wollten ihm kein Geld geben, sondern welches von ihm bekommen.

Mit der Zeit baute sein Vater zunehmend ab. Der Alkohol ließ ihn regelrecht verfallen. Und an dem Tag, als Moritz mit seinem Abiturzeugnis nach Hause kam, fand er ihn im Wohnzimmer. Er hing am Kronleuchter.

Die Bestattung bezahlte Moritz mit dem Geld, das er in den letzten Jahren heimlich und eisern angespart hatte. Jeden Cent, der vom Einkaufen übrig blieb, jede Banknote, die die Frauenbesuche ihm für sein Stillschweigen auf den Tisch legten. Alles wurde gespart. Zusätzlich hatte er nach der Schule Zeitungen ausgetragen, Hunde ausgeführt und Nachhilfe gegeben. Am liebsten den Töchtern aus reichem Hause. Nie brachte er ihnen mehr bei als Mathematik, Englisch, Französisch und Chemie. Und wenn die Mädchen gar nichts begreifen wollten, dann machte er ihre Hausaufgaben eben selber. Denn eines seiner Talente war das perfekte Nachahmen von Handschriften.

Er blieb anständig. Selbst, wenn ihm mehr angeboten wurde als Limonade und Kekse. Für seine Arbeit ließ er sich bezahlen. Gefälligkeiten anderer Art lehnte er ab. Und er sparte alles, was er bekam. Jeden Cent.

Wenn er tatsächlich mal etwas mit einem Mädchen anfing, dann nur, wenn sie ihm wirklich gefiel.

Mit der Wohnung, die er geerbt hatte, begann er sich für Baukunst und Immobilien zu interessieren. Wegen seiner guten Noten versuchten seine Lehrer ihn für Medizin und Jura zu begeistern. Aber Moritz entschloss sich für den Beruf des Immobilienmaklers. Und nebenbei studierte er Architektur.

Jetzt, mit achtundzwanzig, galt Moritz als einer der erfolgreichsten und vielversprechendsten Makler im ganzen Land.

Er fand die wunderbarsten Immobilien, und er schaffte es, sie für seine Kunden zugänglich zu machen. Und dann sorgte er dafür, dass Interessenten das erwünschte Objekt auch erhielten.

Selbstverständlich hielt sich Moritz nicht mit Mietobjekten auf. Ausschließlich, wenn millionenschwere Bauwerke und alte Villen den Eigentümer wechselten, sorgte er für die erfolgreiche Vermittlung. Dass sich seine Courtage dabei oberhalb der üblichen Grenzen befand, war selbstverständlich. Ein Problem war es nicht.

So wie dieses Mal.

Die verstorbene Eigentümerin der Villa hatte Moritz vor fast einem Jahr kennengelernt. Es war auf einer seiner Rundfahrten. Regelmäßig suchte er in den schönsten Regionen nach Häusern und Gebäuden, die für seine Klienten von Interesse sein könnten.

Er sprach die Frau an, als sie sich vor der Villa mit dem Briefträger unterhielt. Freundlich war er gewesen, und niemand wäre darauf gekommen, dass er sowohl Gebäude als auch Eigentümerin schon in- und auswendig kannte. Und das, noch bevor er das erste Wort zu ihr sprach.

Sie tranken Tee und aßen Kuchen. Dann bedankte sich Moritz und ging. Wenige Tage danach lud ihn die Witwe erneut zum Tee, und ab da kam er regelmäßig.

Ihre Freundschaft bestand aus langen Gesprächen über Kunst, Kultur und das Leben. Sie hatte Kinder im Ausland, die sie nur selten besuchten. Und die wenigen Freunde kamen seit dem Tod ihres Gatten kaum noch. Mit Moritz verband sie eine Art Seelenverwandtschaft, sagte sie gerne. Seine Bescheidenheit beeindruckte sie sehr. Und, dass er der Einzige war, der kein Geld von ihr wollte, überzeugte sie von seiner Integrität. Wenn er sie mit seinem Charme und seinem Wissen über alte Gebäude verblüffte, war sie jedes Mal zutiefst ergriffen. Seine Lebensgeschichte weckte ihren Mutterinstinkt.

Jetzt war sie tot. Sie hatte sich vergiftet. Der handschriftliche Abschiedsbrief lag neben ihrem Bett.

Er selbst hatte die Polizei gerufen, nachdem sie die Tür nicht öffnete, obwohl sie für den Nachmittag verabredet waren.

Nun würde er sie nicht mehr besuchen kommen. Er würde die Nachmittage vermissen. Das Haus war wirklich etwas ganz Besonderes.

Das Wichtigste was sie ihm hinterließ, war ein Vertrag, der ihn zum alleinigen Makler machen sollte, wenn das Objekt mal zum Verkauf stand. Oder, wenn es sie nicht mehr geben sollte. Und genau letzteres war ja vor wenigen Stunden eingetreten. Jede weitere Form der wirtschaftlichen Zuwendung oder eine Erwähnung im Testament hatte er kategorisch abgelehnt. Zu leicht fiel der Verdacht in Todesfällen auf Begünstigte des Testaments.

Der Verkauf dieser Villa war eine Frage von wenigen Tagen.

Moritz setzte sich in seinen Wagen. Er wusste genau, welches Objekt ihm nun am Herzen lag. Er hatte alle Daten über das Gebäude mit Blick über die Stadt und der eigenen Parkanlage schon lange im Kopf. Ein absolutes Traumhaus. Erbaut im späten 18. Jahrhundert. Zauberhaft renoviert, ohne den ursprünglichen Charme zu zerstören. Die Immobilie war wirtschaftlich von höchstem Wert, architektonisch war sie unbezahlbar.

Aber manchmal war es eben besser, nicht gleich mit seinem Wissen ins Haus zu fallen.

»Was für ein wunderschönes Anwesen. Wer ist denn der Eigentümer?« Moritz lehnte an seinem Wagen, als ihn die Dame aus dem Cabriolet heraus ansprach.

»Das bin ich selbst. Warum wollen Sie das wissen?«

»Ich bin Immobilienmakler.«

»Ich verkaufe nicht.«

»Das kann ich gut verstehen.« Er lächelte sie an. »Können wir mal drüber reden?«

Halteverbot

In der Hauseinfahrt steht ein Rettungswagen. Er behindert ihn nicht ernsthaft, aber dennoch ärgert er sich maßlos. Das hier ist seine Einfahrt. Sechs Parteien müssen sich an dem großen Transporter vorbeiquetschen, um nach hinten zu den Garagen zu kommen. Das sagt er. Und er wird wütend. Nicht zum ersten Mal.

Daniel hat noch nicht erlebt, dass sich ein anderer Bewohner des Hauses darüber aufregt. Aber der Junge traut sich nicht, etwas zu sagen.

Seitdem seine Mutter tot ist, kann man es seinem Vater nicht recht machen. Mit gar nichts. Der Rettungswagen kann ja auch woanders halten, sagt sein Vater. Aber wo das sein soll, wissen wohl beide nicht genau.

»Irgendwann stech ich denen mal die Reifen platt. Traut sich doch sonst keiner. Das ist ja noch nicht mal ein Noteinsatz. Unverschämtes Pack.« Daniels Vater lenkt den Passat an dem Wagen vorbei und stellt ihn vor der grauen Garage im Innenhof ab.

Einer der Sanitäter kommt mit einem Rollstuhl aus dem Nachbarhaus. Regelmäßig wird von dort eine alte Dame abgeholt und später wieder zurückgebracht. Was sie hat, wissen weder Vater noch Sohn. Aber was immer es ist, sorgt bei Daniels Vater für Unmut wegen des Krankentransports.

Der Sanitäter schiebt den Rollstuhl über eine Rampe in das Innere des Wagens.

In Daniels Nacken sammeln sich kleine Schweißperlen. Er hofft, dass sein Vater sich nicht wieder mit den Leuten streitet.

Aber er hat Glück. Außer dem Satz: »Halteverbote gelten auch für Rettungswagen und Polizei.«, lässt sein Vater nichts hören.

Die Treppe nach oben nimmt der Junge zwei Stufen auf einmal. So wie sein Vater. Aber den Anschluss kann er dennoch nicht halten.

Sein Vater ist Choleriker.

Choleriker. So hatte es seine Mutter damals gesagt. Und seine Oma auch. Am Anfang hatte Daniel Angst. Er dachte, Choleriker hätten etwas mit Cholera zu tun, und sein Vater müsse sterben. Dann erfuhr er aber, dass es nichts anderes bedeutete, als dass er sehr schnell wütend wurde und manchmal auch zuschlug.

Sein Vater starb natürlich nicht an Cholera.

Aber seine Mutter starb an Krebs. Und nur sechs Monate später starb auch noch seine Großmutter. Auch an Krebs.

Krebs muss schlimmer sein als Cholera. Davon ist Daniel überzeugt.

Hier oben, im zweiten Stock, wohnen sie nun zusammen. Manche Leute meinen, dass ein Zehnjähriger noch unbedingt eine Mutter braucht. Aber was soll er denn tun? Er kann sich ja keine backen. Und außerdem hat er ja eine Mama. Nur halt nicht hier unten auf der Erde.

Daniels Vater arbeitet als Buchhalter in einer Autofirma. Als noch alles gut war, hatte er ihm früher Poster von Sportwagen mitgebracht. Die hängen heute noch an der Wand in Daniels Zimmer. Sie sind ihm heilig. Jetzt bringt sein Vater nichts mehr aus der Firma mit. Nur noch schlechte Laune. Auch an Sonn- und Feiertagen.

Daniel war vorhin schon einkaufen. Er freut sich, seinem Vater mit seiner Hilfe eine Freude zu machen. Aber schon als er den Tisch für das Abendbrot decken will, hört er ihn mit dem Lieferdienst telefonieren.

Es wird wieder Pizza geben. Auch wenn er keine Pizza mehr sehen kann. Er hasst die fettige Wurst und den zähen Käse, die auf weichem Teig in den rotgemusterten Pappkartons gebracht werden. Aber er will seinen Vater nicht noch wütender machen. Also sagt er nichts und räumt das Besteck wieder von der Tischdecke.

Während der Fernseher läuft, versucht Daniel davon zu erzählen, dass er in allen Klassenarbeiten in diesem Jahr als einer der Besten abgeschnitten hat. Aber sein Vater nickt nur und schaut nicht einmal zu ihm herüber.

Er geht schon lange nicht mehr zur Nachhilfe. Das Geld versteckt er in seiner Schultasche und lernt alleine in seinem Zimmer oder im

Pausenhof. Immer wenn er genug zusammen hat, kauft er Blumen und bringt sie zu seiner Mutter auf den Friedhof.

Manchmal reicht es auch, um einen kleinen Topf auf Omas Grab zu stellen.

Wenn er seinen Vater nur einmal wieder fröhlich sehen könnte. Er gäbe alles dafür.

Stattdessen hört er ihn laufend auf alles und jeden schimpfen.

Alle Leute sind dämlich, haben keine Ahnung oder sind einfach nur strunzdumm. In seiner Firma, sowie in der Nachbarschaft.

Und manchmal wirft er auch ein Glas an die Wand. Dann hat der Junge Angst und schließt sich in sein Zimmer ein.

Wenn Daniel Brötchen kaufen geht, dann lächelt ihn die Bäckerin immer lieb an. Es sei denn sein Vater ist dabei. Dann lächelt niemand mehr.

Trotzdem liebt er seinen Vater. Egal wie oft er von ihm angebrüllt wird, oder einer Ohrfeige nicht aus dem Weg gehen kann. Irgendwann wird bestimmt alles wieder besser. Daniel schaut sich die Poster an den Wänden an. Dann wird sein Vater wieder lachen. Er wird stolz auf ihn sein und ihm über den Kopf streichen. Darauf wird er warten. Und dafür würde er auch einiges tun.

Und bis dahin wird er weiter alles versuchen, um ihn nicht zusätzlich zu verärgern und ihm wo es geht Freude zu bereiten.

Jeden Tag. Ihm wird schon noch einfallen, wie er seinen Vater wieder glücklich macht.

Der Wagen steht in der Einfahrt. Schon wieder. Daniel hat auf diesen Moment gewartet. Im Wagen ist ganz schön was los. Der Aufbau bewegt sich heftig, als ob sie da drinnen eine Party feiern. Das Messer in seiner Hosentasche hat nur auf diesen Einsatz gewartet. Es scheint, zu glühen und Daniel nimmt es in seine verschwitzten Hände. Dann schleicht er sich an den Wagen heran und tut so, als ob er sich die Schuhe binden müsse. Er holt tief Luft und rammt sein Messer in den hinteren Reifen. Er ist zu aufgeregt, auch noch die anderen Reifen zu zerstechen. Aber auch auf diesen einen Plattfuss ist er stolz. Nicht für sich. Sondern für seinen Vater. Sobald die hier weg sind, wird er nach oben gehen und mit ihm über diese Rache lachen.

Daniel schaut hoch, ob sein Vater vielleicht sogar am Fenster steht und ihn bei seiner Tat beobachtet. Er würde stolz auf ihn sein. Und er wird nicht herumschreien, sondern lachen und ihm auf die Schulter klopfen.

Aber hinter den Gardinen tut sich gar nichts. Obwohl das Licht in der Küche und im Wohnzimmer angeschaltet ist.

Wenn er dort oben stehen würde, dann hätte er ihm jetzt mit hochgestrecktem Daumen und einem Lachen im Gesicht zugewunken. Ganz sicher.

Im Rettungswagen wird es ein wenig ruhiger. Das Blaulicht wird eingeschaltet und der Motor angelassen. Die Sirene erklingt. Daniel steht hinter dem Baum und schaut zu, wie das Auto losrollt. Nach etwa fünfzig Metern bleibt der Wagen stehen. Aus der Fahrerkabine springt ein Mann und läuft um den Notarztwagen herum.

Der Junge hält sich die Hand vor den Mund. Er zittert vor Aufregung und freut sich. Obwohl er weiß, dass das, was er gemacht hat, strafbar ist. Aber es ist ihm egal. Seinem Vater wird es eine Freude sein.

Langsam zieht er seinen Hausschlüssel aus der Tasche und schleicht so unauffällig wie möglich zum Hauseingang.

Vielleicht hat er Glück, und er kann seinem Vater von oben aus noch zeigen, was er angestellt hat. Kaum ist die schwere Haustür hinter ihm ins Schloss gefallen, ist er schon im zweiten Stock angekommen. Er nimmt zwei Stufen auf einmal.

Daniel öffnet die Wohnungstür, aber niemand ist da. Schade.

Was soll's? Er wird warten und ihm nachher erzählen, was passiert ist. Er wird ihm glauben. Und er wird stolz auf ihn sein. Endlich.

Im hinteren Teil des Krankenwagens werden die Reanimationsmaßnahmen eingestellt. Das Herz des Mannes hat bereits zum zweiten Mal zu schlagen aufgehört. Wenn sie es rechtzeitig in die Klinik geschafft hätten, dann hätte noch eine realistische Hoffnung bestanden. So aber ist alles gelaufen. Es ist vorbei.

Aus der Hosentasche des Mannes fällt sein Portemonnaie. Der Ausweis zeigt, dass der Patient gerade mal Anfang Vierzig ist.

Außer seinen Papieren findet sich noch ein abgegriffenes Foto einer Frau mit einem kleinen rotblonden Jungen. Der Sanitäter muss schlucken.

Schon bald wird jemand der Familie des Mannes beibringen müssen, dass der Papa nicht mehr am Leben ist.

Nach einigen Minuten kann die Fahrt fortgesetzt werden. Ohne Blaulicht und Sirene.

Und von oben schaut ein Junge zu. Aufgeregt und traurig, dass sein Vater seine Tat nicht miterleben kann.

Ehebruch

Gerhard Edelmann hatte einen genauen Plan. Und er fand, dass es an der Zeit war, ihn umzusetzen. Laut seines Ehevertrages würde er keinen Cent sehen, wenn er die Scheidung einreichte. Selbst, wenn Karen sich von ihm trennte, hatte er schlechte Karten. Es sei denn, er konnte ihr nicht hinnehmbare Verfehlungen nachweisen. Nicht hinnehmbare Verfehlungen. Das bedeutete, sie müsste ihn betrügen oder ihm körperlichen Schaden zufügen.

Mit beidem würde er auch in den nächsten hundert Jahren nicht rechnen können.

Karen war mit Abstand die langweiligste Frau auf diesem Planeten, fand er. Durchschnittlich attraktiv, ordentlich erzogen, sauber, ehrlich und gänzlich unerotisch. Sie war auch früher nicht anders gewesen, aber sie war wohlhabend genug, um ein paar Jahre seines Lebens in diese menschliche Topfpflanze zu investieren. Nun sollte Schluss sein. Wenn sie schon nicht von sich aus auf die Idee kam, ihn zu betrügen, dann müsste er den Betrug eben inszenieren.

Er hatte ein paar Stunden im Internet recherchiert und dann seine Wahl getroffen. Der Kerl war perfekt. Er würde es hinkriegen. Ganz sicher. Nicht zu jung und nicht zu alt. Und offensichtlich Profi, wenn es darum ging Rollen ordentlich umzusetzen. Dann suchte er nach einer weiteren Nummer. Der Mann brauchte als Information nicht mehr, als das Wann und Wo und Wen er in flagranti erwischen sollte. Dass die Nummer von Edelmann persönlich eingefädelt wurde, ging den Privatdetektiv nichts an. Gerhard wischte sich ein paar Schuppen vom Sakko und begann zu telefonieren.

Martin Rautenberg war Schauspieler aus Leidenschaft. Er war in den besten Jahren, und sein Publikum liebte ihn. Egal was er auf der Bühne gab. Er machte kein Geheimnis daraus, dass er homosexuell war, und es war den Leuten genau so gleichgültig, wie es sein sollte. In Komödien lachte man mit ihm, und in Dramen schmachteten ihn die Damen aus den ersten Reihen an.

Und nach dem letzten Vorhang wusch Martin sich das Make up vom Gesicht. Er liebte das Theater, die Bühne und die Masken, die ihm aufgetragen wurden, um in andere Leben zu schlüpfen. Lediglich mit dem Othello hatte er vor einigen Jahren ein Problem. Die Maske ließ sich kaum abschminken, und jeden Abend fuhr er nach der Vorstellung mit dunklen Flecken im Gesicht nach Hause. Sein Mann konnte sich kaum vor Lachen halten. In den fünfzehn Jahren ihrer Partnerschaft und den acht Jahren ihrer Ehe hatte Martin seinen Lebensgefährten nie zuvor derart lachen gehört.

Und dennoch, Martin war ein grandioser Othello.

Heute und in den kommenden Tagen würde er die Abende alleine verbringen müssen. Seine bessere Hälfte hatte einen Auftrag angenommen, bei dem er ein paar Tage unterwegs sein musste. Auch er galt als einer der besten in seinem Job.

Außerdem war es vielleicht gar nicht so schlecht. So hatte Martin die Zeit, die er brauchte.

Vor einer Woche hatte er den Auftrag erhalten. Telefonisch. Der Mann am anderen Ende gab ihm zwei Tage Bedenkzeit. Aber als Martin die Höhe des Honorars hörte, stand für ihn fest, dass er das Angebot nicht ablehnen konnte. An einem einzigen Abend konnte er so viel verdienen, wie sonst in drei Monaten. Ein Extra, das ihm den Trip nach Jamaica mit seinem Liebsten ermöglichen konnte, ohne auf Erspartes zurückzugreifen.

Als der Mann das zweite Mal anrief, sagte Martin, dass er den Auftrag annehme und bekam alle Informationen, die er haben musste. Mario würde er nichts weiter von diesem Job erzählen. Er würde ihn mit dem Geld überraschen und dann würden sie ihre Traumreise buchen.

Zwei Tage später war es soweit. Er saß in dem 5-Sterne-Hotel, das ihm sein Auftraggeber genannt hatte.

Es war ein Leichtes die Frau anzusprechen. Sie saß alleine im Restaurant und freute sich darüber, dass ihr jemand ein Gespräch anbot. Martin gab sich kultiviert und charmant. Blöd war nur, dass die Frau einfach überaus nett und freundlich war. Karen Edelmann sprach langsam und bedächtig, aber alles was sie sagte hatte Witz und Humor. Ihr hellblaues Kleid passte gut zu dem mittelblonden Haar. Und ein paar graue Strähnchen verliehen ihrem Gesicht etwas Würdevolles. Er konnte gar nicht glauben, dass es jemanden gab, der ihr etwas Böses in die Schuhe schieben wollte. Sie aßen gemeinsam und ihre Gespräche wurden immer lustiger. Sie lachten viel, und Martin Rautenberg fühlte ein bleischweres, schlechtes Gewissen im Bauch. Selbst, wenn es nicht zum Äußersten kommen würde – denn so viel ging nun doch über seine Kraft – konnte er nicht zulassen, dass dieser Karen Edelmann Unrecht getan wurde. Auf der Bühne den feurigen Liebhaber zu spielen, machte ihm nichts aus. Aber im realen Leben war es ihm nicht möglich. Zumindest nicht, wenn er damit einem Menschen das Leben versauen musste. Da würde er lieber auf den Urlaub verzichten. Er konnte jede Rolle spielen, aber ein derart widerwärtiges Arschloch wollte er nicht sein. Karen Edelmann und Martin Rautenberg waren schon lange per Du, als sie sich entschlossen, den Abend an der Bar fortzusetzen. Von einem Auftrag konnte zu diesem Zeitpunkt längst schon keine Rede mehr sein. Wichtig war jetzt nur, dass der ominöse Schnüffler, der die beiden fotografieren sollte, keinen Schaden anrichten konnte.

Martin kam aus den Waschräumen zurück an die Bar. Diese Karen war einer der angenehmsten Menschen, die er in den letzten Jahren kennengelernt hatte. Er war unfassbar froh, ihr gebeichtet zu haben, warum er sie heute angesprochen hatte. Und jetzt galt es, auch noch den Menschen ausfindig zu machen, der das angebliche Tête-à-Tête dieser Frau fotografisch festhalten sollte.

Mario schaute durch die Bar. Er hatte die Frau sofort erkannt. Der Mann, mit dem er sie beschatten sollte, war im Augenblick nicht zu sehen. Es würde keine Schwierigkeiten darstellen, das Liebespaar in flagranti zu fotografieren. Das Licht war ausreichend und von seinem Stuhl aus hätte er die Beiden bestens im Blick.

Die Frau sah genau so aus, wie auf den Bildern. Blond, unauffällig, mittelgroß und ein bisschen distinguiert. Mario trank ein Schluck von seinem alkoholfreien Bier. Und dann traf ihn fast der Schlag. Er musste den Mann, der sich zu der Frau gesellte und ihr freundschaftlich zuprostete, gar nicht von vorne sehen. Der geheimnisvolle Auftrag, von dem Martin erst letztens erzählt hatte, stand direkt vor ihm. Und es war nicht schwer, eins und eins zusammenzuzählen.

Gerhard Edelmann sah sich absolut auf der Siegesstraße. Seitdem er die Scheidung eingereicht hatte, vermied er jeden Kontakt zu seiner Frau. Nicht wegen eines schlechten Gewissens, sondern weil er sich seiner Sache viel zu sicher war, um diese langweilige Person noch einen einzigen Tag um sich zu ertragen. In seinem hellgrauen Maßanzug wartete er mit seinem Anwalt vor der Tür des Gerichtssaales. Seine Frau und deren Anwalt würdigte er keines Blickes, als sich die Anwälte höflich begrüßten.

Wenige Minuten später öffnete sich die Tür, und sie traten ein.

Die Verhandlung begann, und wie erwartet zündeten die Fotos, die Edelmann von seiner Frau mit ihrem Liebhaber präsentierte. Abfindung, Unterhalt und Schmerzensgeld wurden gefordert. Und während der gegnerische Anwalt drängte, blieb Karen Edelmann ruhig und lächelte.

Auf die Frage, wieso Gerhard Edelmann seine Frau beschatten ließ, wies dieser auf seinen böswilligen Verdacht hin. Er gab sich noch nicht einmal die Mühe, dabei zerknirscht oder traurig zu sein.

Karen Edelmann saß die ganze Zeit dabei. Die Beine verschränkt. Lächelnd. Und dann hob sie die Hand und fragte den Richter, ob sie etwas einbringen dürfte.

Der Mann mit der schwarzen Robe, dem grauen Haar und der rahmenlosen Brille war überrascht, aber er ließ sie gewähren.

Karen Edelmann stand auf, ging nach vorne zum Tisch und reichte dem Vorsitzenden mit wenigen, erklärenden Worten weitere drei Fotos. Der Richter schaute abwechselnd von den Bildern in seiner Hand zu dem Mann, der hier um das Geld seiner Frau kämpfte. Dann brach er in schallendes Gelächter aus.

Der Anwalt von Gerhard Edelmann bat darum, ebenfalls sehen zu dürfen, was die Gegenseite zur Verteidigung vorbrachte. Es dauerte ein Weilchen, bis er begriff. Dann schaute er seinen Mandanten an, schüttelte mit dem Kopf und ließ die Schultern fallen.

»Sie können die Fotos gerne an meinen Mann weitergeben. Ich habe ausreichend Kopien. Es war so ein netter Abend.«

Gerhard Edelmann konnte sich kaum noch auf seinem Stuhl halten, als sich sein Anwalt neben ihm ins Polster fallen ließ.

Und als er die Bilder in den Händen hatte, wusste er, dass er mit der Wahl von Schauspieler und Detektiv vor ein paar Monaten gründlich daneben gegriffen hatte.

Die Aufnahmen waren genau so bunt und deutlich, wie die, die er vor Gericht eingereicht hatte. Auf dem ersten Bild konnte er Karen mit ihrem Begleiter sehen. Beide prosteten direkt in die Kamera. Ein weiteres zeigte Karen mit dem gebuchten Schauspieler und einem weiteren Mann. Das musste der Privatdetektiv sein. Alle drei lachten. Auf dem letzten Foto küssten sich der Detektiv und der Schauspieler, während sie ihre Hände mit den Eheringen zur Kamera hoben.

Es waren keine Worte mehr nötig. Gerhard Edelmann hatte verloren.

Männer

Sehr groß und blond und ziemlich stattlich.
Und auch im Beischlaf gut begattlich.
Mit Geld versorgt, aufrecht und nett.
Die Anzeige las ich im Bett.

Der muss es sein, dacht ich sodann.
Das ist ein Kerl. Der wird mein Mann.
Die vorher waren durch die Bank
Versager und machten mich krank.

Wer hier bloß zaudert, der verliert.
Drum habe ich sie stets planiert.
Will nicht im Haus 'nen toten Gatten.
Drum tat ich sie im Feld bestatten.

Der Neue kommt, gefällt und bleibt.
Bis mit der Postbotin er's treibt.
Und meint, dass er nicht anders kann.
Er sei nun mal ein ganzer Mann.

Er ist der Falsche, wird bald klar.
Nur anfangs nett und wunderbar.
Dann lässt er nach, wird fett und träge,
hilft nicht bei Haus- und Gartenpflege.

Liegt rum, trinkt Bier und stinkt ganz grässlich.
Das Ende naht, und das wird hässlich,
weiß ich schon bald und schwör' mir Rache,
wenn ich bloß höre seine Lache.

Bis vorhin hat er noch gelacht,
darum hab ich ihn umgebracht.
Jetzt ist er hin und ich muss morgen
beim Nachbarn mir 'ne Schaufel borgen.
Und auch 'ne Säge, mittelgroß,
am Stück werd ich ihn eh nicht los.

Und Säcke drei oder gleich vier,
dann bleiben keine Reste hier.
Die andern waren auch nicht besser.
Für drei den Strick, für zwei das Messer.

Nun bin ich einsam wie zuvor.
Kein Gatte mehr, kein Depp, kein Tor.
So sitz ich hier im Haus aus Schweigen
und öffne die Kontaktanzeigen.

Essgewohnheiten

Sie saß ihm gegenüber. Schon wieder hatte er einen Scherz über ihren Salat gemacht. Sie war Vegetarierin. Er nicht. Ihm gefielen seine Scherze. Ihr nicht. Dennoch lachte sie. Sie wollte nicht als griesgrämig dastehen und tat so, als ob es ihr nichts ausmache.

Eigentlich war er ein netter Kerl. Er hatte Manieren, konnte sich benehmen und sah auch noch unverschämt gut aus. Aber diese blöden Witze schnürten ihr die Luft ab.

Sie lächelte wieder. Für ihn ein Anlass, darauf hinzuweisen, dass Vegetarier seiner Nahrung das Essen wegessen. Merle lachte kurz und hell auf. Die Grübchen in ihrem Gesicht und der Glanz in ihren Augen sahen genau so aus, als hätte er sie wirklich mit etwas Lustigem erheitert.

Innerlich rammte sie ihm allerdings ihre Gabel in den Bauch.

Wie oft hatte sie diesen Spruch schon gehört? Hundert Mal? Tausend Mal? Sie hat ihn schon beim ersten Mal nicht als lustig empfunden. Dennoch kicherte sie mädchenhaft und lächelte ihm kommentarlos ins Gesicht. Er blinzelte ihr charmant zu. Unter anderen Umständen hätte ihr dieses Blinzeln Herzklopfen bereitet.

Seitdem er ihr aber mit diesen Sprüchen auf den Wecker ging, löste es nur noch Brechreiz aus. Wieder lächelte sie.

Er konnte sich doch denken, dass seine Scherze einfach nur dämlich und enervierend waren.

Die Kellnerin kam mit dem Dessert. Merle hatte auf eine Bestellung verzichtet, aber als sie nun das Schokotörtchen vor ihm stehen sah, bekam sie doch Appetit.

Als könne er ihre Gedanken lesen, schob er den Teller in die Mitte und reichte ihr seinen kleinen Löffel. Sein Blick sagte »Greif zu!« und Merle griff zu.

Das Törtchen war köstlich. Sie stach ein zweites Mal hinein, um sich etwas mehr davon zu gönnen, als ihr Gegenüber erneut die verbale Keule schwang.

»Ist auch garantiert kein Schnitzel drin versteckt.«

Das Gebäck schien sich in ihrem Mund in Essig zu verwandeln. Sie schluckte den Bissen herunter und legte den Löffel neben den Teller. Wieder ein Lächeln.

Er schob ihr das Tellerchen ein wenig näher, aber sie ließ nur kurz ein Lächeln aufblitzen und lehnte ab.

»Seit wann isst du eigentlich kein Fleisch? Oder hast du nie welches gemocht?«

»Früher hab ich durchaus oft Fleisch gegessen.« Ihr wurde bei dem Gedanken ein wenig übel. »Aber ich rede da nicht gerne drüber.«

»Man muss auch nicht drüber reden. Es reicht ja völlig, wenn man es isst.« Wieder lachte er, und Merle rang sich ein Lächeln ab.

Sie entschuldigte sich und ging auf die Toilette. Mit kaltem Wasser spülte sie sich etwas Frische ins Gesicht. Dieser Stefan hörte nicht auf, sie zu provozieren.

Er hatte ja keine Ahnung. In ihrer Kindheit gab es in Merles Familie selten Fleisch. Zumindest so lange, bis ihre Mutter durchdrehte.

Anfangs hatte es keiner bemerkt. Sie hatte gute Rezepte, und jedes ihrer Menüs war schmackhaft. Auch als der Familienhund plötzlich verschwand und die Mutter Mann und Kinder mit einem köstlichen Braten über den Verlust hinweg trösten wollte, ahnte keiner etwas.

Erst als die Polizei kam und sie abholte, erfuhren sie, was vor sich ging. Merles Mutter wurde Grabschändung vorgeworfen. Außerdem hatte ein Bestatter sie angezeigt, weil sie sich an einem der unverschlossenen Särge zu schaffen gemacht hat. Sie hatte ihre Familie mit köstlichen Menüs verwöhnt. Aus Leichenteilen und erlegten Haustieren.

Heute war ihre Mutter immer noch in der geschlossenen Anstalt untergebracht. Und Merle war Vegetarierin.

Sie tupfte sich mit einem Papierhandtuch das Wasser aus dem Gesicht und ging zurück. Sie würde Stefan bitten, mit diesen Sprüchen aufzuhören. Er war kein schlechter Kerl. Sie wollte ihm eine Chance geben.

Arm in Arm liefen sie durch den lauen Abend. Als Merle fröstelte, streifte er sein Sakko ab und legte es über ihre Schultern. Sie ließ ihn gewähren. Eigentlich wollten sie ein Taxi nehmen. Es sollte sie zu ihrer Wohnung bringen und ihn dann weiter zu seinem Appartement. Letztendlich verzichteten sie aber sowohl auf das Taxi als auch auf den Umweg über Merles Wohnung.

Kurz bevor er den Sicherheitsschlüssel in das Schloss steckte, zog er sie am Revers seines Sakkos an sich heran. »Küssen dürfen Vegetarier doch, oder?«

Es fühlte sich an, als ob seine Worte ihre Körpertemperatur um mindestens fünf Grad senkten. Dennoch trat sie ein.

Die Wohnung war schnörkellos eingerichtet und dennoch gemütlich. Es war sauberer, als sie zu hoffen gewagt hatte, und durch die bodentiefen Fenster hatte man einen herrlichen Ausblick über die Stadt.

Sie entdeckte die Lichter der Straßen völlig neu. Und dann entdeckten sie sich. Mehr als zwei Stunden lang liebten sie sich vor dem Fenster und ließen nicht voneinander ab.

Stefan zeichnete mit dem Finger jede Kontur von Merles Körper nach, und sie berührte immer wieder seinen sportlichen, definierten Oberkörper.

Sie saßen sich nackt gegenüber und schauten sich verliebt an. »Vertraust du mir?« Stefans Stimme klang aufrichtig, und Merle nickte.

Stefan stand auf und verband ihr mit einem Schal die Augen. Dann wurde es für ein paar Minuten still. Merle rührte sich nicht.

»Mach den Mund auf. Hab keine Angst.«

Sie öffnete zögerlich die Lippen und schmeckte die Erdbeere, die Stefan ihr in den Mund schob. Sie war saftig und intensiv. Merle wollte mehr. Nach und nach fütterte Stefan die junge Frau abwechselnd mit süßem Obst, würziger Paprika oder kleinen Stücken Käse. Er hatte das mal in einem Film gesehen und fand es erotisch. Es verfehlte seine Wirkung nicht. Mit jedem Bissen vertraute sie ihm mehr.

Es folgte eine weitere Erdbeere, ein Stückchen Gurke und ein Löffel mit Honig. Merle konnte gar nicht genug bekommen.

Dann gab er ihr etwas, was sie nicht gleich wiedererkannte. Etwas salzig, aber zart im Geschmack. Merle kaute, schluckte und begriff. Es war ein kleines Stück von feinstem Schinken. Er hatte ihr Fleisch gegeben. Und es hatte ihr geschmeckt.

Sie fühlte sich um Jahre zurückversetzt und löste das Tuch von ihren Augen.

Stefan lächelte sie an. »Du isst ja doch Fleisch.«

Merle lächelte zurück. Dann ließ sie sich nach vorne fallen und biss ihm ein großes Stück aus dem Oberschenkel. Ja. Merle aß Fleisch. Ab sofort aß sie wieder Fleisch. Und mit ihm wollte sie beginnen.

Alte Bekannte

Er saß in der vierten Reihe. Am Fenster. Und er sah gut aus. Fast so gut wie damals. Dass er es war, wusste sie sicher. Beim Einchecken stand sie hinter ihm und hörte, wie ihn die Stewardess mit seinem Namen begrüßte. Schon auf dem Weg die Treppe hinab und hin zum Gate hatte sie ihn gesehen. Und es war Fügung oder ein Tritt vom Schicksal, dass sie neben ihm sitzen sollte.

Alles hat einen Grund. Nichts passiert ohne Anlass.

Er bemerkte sie kaum. Warum auch? Alles war über zehn Jahre her. Er kannte sie nicht, und ihre Schwester war schon lange tot.

Das letzte Mal, als sie ihn sah, schüttelte er seinem Verteidiger die Hand, und ihre Mutter brach neben ihr zusammen.

Ja. Er sah gut aus. Damals und jetzt. Und er hatte das Geld für die beste Strafverteidigung, die er nur bekommen konnte.

Er musste nicht ins Gefängnis. In dubio pro reo. Die Tat war ihm nicht hundertprozentig nachzuweisen, und er verließ das Gerichtsgebäude als freier Mann. Ihre Schwester hatte den ganzen Prozess nicht mehr mitverfolgen können. Sie hatte sich eine Woche, nachdem die Ärzte sie wieder zusammengeflickt hatten, vor den Zug geworfen.

Und nun saß er hier neben ihr. Ein feiner Anzug von Zegna, Seidenkrawatte, gepflegter Haarschnitt und manikürte Fingernägel.

Als sie ihr Handgepäck im Abteil über ihrem Sitz verstaut und sich auf ihren Platz hatte fallen lassen, nickte er ihr kurz zu. Freundlich. Freundlich und unverbindlich.

Hier, in der Business Class, saß er weit genug von ihr entfernt, so dass sich ihre Ellbogen nicht auf der Armstütze berührten. Aber er saß zu nah, um ihn zu ignorieren.

Die Voranzeichen eines Anfalls konnte sie mit viel Konzentration und Atemübungen unterdrücken.

So wie ihre Schwester auch, litt sie unter Epilepsie. Ihrer Schwester wurde die Krankheit letztendlich zum tödlichen Verhängnis. Die Vergewaltigung wurde als einvernehmlicher Sex deklariert. Die Verletzungen, die sie so grässlich entstellt hatten, sollten Folgen eines Krampfanfalles gewesen sein. Damit hatte dieser Mensch, der nur wenige Zentimeter neben ihr saß, einen Freifahrtschein.

Als Gitta ihre Schwester im Krankenhaus besuchte, wusste sie, dass die Aussage des Mannes erlogen war. Sie sah Carla an und spürte, dass er mehr in ihr zerbrochen hatte, als die Ärzte reparieren konnten.

Gitta hatte die Krampfanfälle mittlerweile gut im Griff. Nur noch sehr selten konnte sie von den Zuckungen in der rechten Hand und den Krämpfen in ihrer Muskulatur überrascht werden.

Gegen die Kopfschmerzen reichte Aspirin. Die blutverdünnende Eigenschaft der Acetylsalicylsäure half ihr schnell.

Sie lehnte sich in ihrem Sitz zurück und schloss die Augen. Zu keinem Moment hatte sie aufgehört, den Mann zu hassen, der ihrer Schwester das angetan hatte. Ihre Mutter und ihre Familie waren an Carlas Tod zerbrochen. Sie sahen sich nur noch selten.

Die Brausetabletten in ihrer Hand fühlten sich an wie eine Waffe. Sie kam nicht gleich darauf warum, aber es dämmerte ihr schnell.

Sie mussten nun gute zwei Stunden über dem Wasser geflogen sein. Das hieß, der nächste Flughafen für eine Notlandung war weit genug weg.

Er hatte die Tabletten in seiner Flasche Wein nicht bemerkt. Zwei Aspirin im Chardonnay. So gut konnte der Wein nicht sein. Nun stand die Flasche schon eine Weile leer auf der Ablage. Eine Stewardess kam. Lächelte. Und nahm sie mit. Gitta wusste nicht, ob es überhaupt nötig gewesen war, ihm das Mittel zu verabreichen. Sie war über die Krankheit nicht vollständig im Bilde.

Damals, im Gerichtssaal, schrieb sie alle Informationen mit. Sie war jeden Tag dabei. Sie kannte seine Krankheiten, wusste, wo er lebte, was er tat, und dass er schon zwei Mal geschieden war.

Sie hatte keine Ahnung, was sie mit den Notizen anfangen sollte, aber es war etwas, an dem sie sich physisch festhalten konnte. Blätter, Worte und ein Bleistift.

Jetzt spürte sie, dass alles einen Grund hatte.

Alles hat einen Grund. Nichts passiert ohne Anlass.

Als die Stewardess mit dem Essen kam, sah sie etwas besorgt aus. Schon vor ein paar Minuten war ihr das unruhige Zucken in der Hand der Passagierin aufgefallen. Sie hatte die Frau nach ihrem Befinden gefragt. Aber es machte den Eindruck, dass diese ihren Körper gut genug kannte. Sie wollte keine Umstände machen. Und die Flugbegleiterin wollte keine unnötige Unruhe an Bord. Das Essen wurde verteilt. In der Business-Class klirrte Echtglas und gutes Besteck. Ruhe kehrte ein.

Und dann kam der Schrei.

Das Messer in seiner Leiste musste mit Gewalt aus der Hand seiner Sitznachbarin entfernt werden. Zwei Stewardessen kämpften mit dieser armen Frau, deren ganzer Körper sich in einem Krampf befand. Epilepsie ist grausam. Ihre Augen waren verdreht, die Zähne aufeinander gebissen. Beine und Arme weit von sich gestreckt. Ihr Kopf war weit in den Nacken gebogen, und sie gab einen zischenden Laut von sich. Der Mann neben ihr schaute fassungslos auf den sich schnell ausbreitenden Fleck auf seiner Hose. Die Klinge hatte nur knapp seine Hoden verfehlt. Sie hatte eine der größeren Venen erwischt. Er würde schnelle Hilfe brauchen. Aber auch schnelle Hilfe würde ihm kaum noch helfen können.

Dass der Mann, der dort in der vierten Reihe verblutete, unter Hämophilie litt, hatte Gitta am ersten Verhandlungstag erfahren. Die Krankheit wurde eingesetzt, um ihn schwächer darzustellen, als er war. Das Gericht war beeindruckt. Schwäche begünstigt Gnade. Auch bei Tätern.

Warum sie sich ausgerechnet diese Sache gemerkt hatte, wusste sie nicht. *Alles hat seinen Grund.*

Gitta hatte genügend epileptische Anfälle gehabt, um ihren Verlauf komplett nachempfinden zu können. Dieses Mal war sie sich zu jeder Sekunde bewusst, was sie tat. Und als sie die Muskulatur in ihrem Körper löste, ging die Entspannung bis tief in ihre Seele hinein. Das Geschrei um sie herum wich einer hektischen Nothilfe. Gitta befand sich nun im Mittelgang der Maschine. Eine Flugbegleiterin sprach beruhigend auf sie ein. Zwei weitere kümmerten sich um den Mann. Es sah schlecht aus. Der Blutverlust war hoch, und er ließ auch nicht nach. Der nächste Flughafen war bereits informiert, aber man würde noch weit über eine Stunde brauchen, um ihn zu erreichen. Dieses Mal würde es zu keiner Verhandlung kommen. Es war ein Unfall. Ein Unfall in Folge ihrer Krankheit. Der Mann würde sterben. Gitta schloss die Augen und dachte an ihre kleine Schwester.

Das lange Warten

Er war schon seit guten sechs Wochen in der Stadt. Mittlerweile hatte er das Gefühl, als könnte er Bäume ausreißen.

Vor Kraft. Vor Wut. Und vor Erregung.

Jeden Abend saß er hier auf der Bank. Mittlerweile wusste er, wann wer mit seinem Hund Gassi ging, und wann für längere Zeit niemand seinen Weg kreuzte.

Hinter ihm und seitlich wuchs eine Hecke. Jetzt, im Spätfrühling, kam ihm die Dichte des Laubes sehr entgegen. Wenn man sich erst Mal jenseits der Hecke befand, war man noch nicht einmal von den höher gelegenen Fenstern der nächsten Häuser zu sehen. Der schmale Weg vor der Bank machte auf der rechten Seite einen Knick. Und direkt dahinter befand sich ein stark mit allerlei Pflanzen bewachsenes Areal. Ebenfalls ein zauberhafter Platz für ein überraschendes Techtelmechtel. Dort hinten, an dem kleinen Baum, dort würde er ihr die Arme mit Kabelbinder fixieren. Was für ein Spaß.

Gunnar legte seine Arme breit über die Lehne der Bank und schaute in den Himmel.

Sie kam jeden Dienstag und Donnerstag.

Um kurz vor neunzehn Uhr lief sie den Weg in Richtung Schulsporthalle, und zwei Stunden später kam sie zurück.

Sie nahm ihn nicht weiter zur Kenntnis, und unter anderen Umständen hätte ihn das beleidigt. Aber so sorgte es nur für eine größere Vorfreude.

Die Sporttasche trug sie auf dem Rücken, und ihr dunkelblonder Pferdeschwanz wippte fröhlich bei jedem Schritt.

Über den Kopfhörer hörte sie sicher irgendeine flotte Musik, denn ihr Gang war leicht und tänzerisch.

In ihren Sportsachen sah sie süß aus. Süß und sexy, meinte Gunnar. Und ausgesprochen unschuldig. So mochte er sie am liebsten.

Vermutlich ging sie zum Turnunterricht oder so. Gymnastik vielleicht. »*Rhythmische Sportgymnastik*«. Gunnar sprach die Worte aus und schnalzte mit der Zunge. Genau das war es. Sie machte rhythmische Sportgymnastik. Und wenn sie nachher zurückkäme, würde er ihr zeigen, was er darunter verstand.

Bis vor ein paar Jahren hing in dieser Gegend noch sein Fahndungsbild. Ein Phantombild nur, aber Gunnar sah sich gar nicht schlecht getroffen.

Offensichtlich hatte man die Suche allerdings schon wieder eingestellt. Sie haben ihn nicht gekriegt, und sie würden ihn auch nicht kriegen.

Eine Verjährung konnte er abschreiben, denn Vergewaltigungen in schweren Fällen konnten sogar noch etliche Jahre später bestraft werden.

Aber auf den mangelhaft langen Atem der Justiz konnte er sich verlassen.

Ein Freund hatte ihn mal gefragt, ob er mit diesen Übergriffen nicht aufhören wolle. Irgendwann würde er an die falschen Leute geraten, meinte der.

Aber über ein »Aufhören« dachte Gunnar genauso wenig nach wie ein Kettenraucher, der sich gerade vier Stangen Gauloises gekauft hat.

Wobei Rauchen ja anerkannterweise ungesund war, das Vergewaltigen von jungen Mädchen aber lediglich strafbar.

Gunnar lachte. Er rauchte nicht. Damit lebte er zumindest gesund.

Vor einer Stunde war das Mädchen an ihm vorbeigegangen. Er hätte jetzt noch genau eine Stunde Zeit, um sich in die richtige Stimmung zu bringen.

Als die alte Dame mit dem Yorkshire-Terrier vorbeiging, musste er sich zusammenreißen, um nicht im Überschwang mit Anlauf und beiden Füßen auf den Hund zu springen. Oder eben auf die alte Frau. Er brauchte seine Aggressionen für später.

Sein Blick fiel nun immer wieder auf die Kirchturmuhr, die er zwischen den Häusern hindurch sehen konnte.

Noch dreißig Minuten.

Was, wenn sie heute nicht alleine zurückkäme? Gunnar war bei diesem Gedanken einen Moment verärgert. Dann wischte er den Gedanken weg. Sie würde alleine kommen. Und dann würde er sich um sie kümmern.

Als er sie durch das Geäst sehen konnte, hielt ihn nichts mehr auf der Bank. Er lehnte sich an den niedrigen Zaun, der den hinteren Teil des Spielplatzes von dem Ort, zu dem es ihn zog, trennte.

Weniger als dreißig Sekunden später war es soweit.

Gunnar packte das Mädchen, als sie schon fast an ihm vorbei war. Er hielt ihr den Mund zu, warf sie über den Zaun und sprang hinterher.

Es war alles geplant, und dennoch lief der Angriff ganz anders, als er ihn sich vorgestellt hatte.

Als Gunnar aufwachte, hatte er das Gefühl, jemand hätte ihm seine Eingeweide herausgerissen und ihn damit gewürgt. Seine linke Schulter war definitiv ausgekugelt, und seine Hoden fühlten sich an, als hätte ihn eine Abrissbirne genau zwischen den Schenkeln erwischt. Sein Hemd war zerrissen, und seine Augäpfel mussten die Größe von Tennisbällen haben. Seine Lider waren derart angeschwollen, dass er sie kaum noch schließen konnte.

Egal wie trübe seine Gedanken waren, eines war klar. Er hatte die Kleine ganz offensichtlich nicht überwältigt und vernascht.

Ganz im Gegenteil.

Das Mädchen mit dem dunkelblonden Zopf stand vor ihm und tänzelte von einem Fuß auf den anderen. Mit dem Handy in der Hand funkelte sie ihn wach und aufmerksam an. Ohne Zweifel hatte sie die Polizei gerufen. Damit würde er nun wohl leben müssen.

Wenn er sich hier nochmal raus winden könnte, würde er sie eigenhändig erwürgen. Dieses Miststück hatte ihn allen Ernstes außer Gefecht gesetzt. Er spuckte aus, und mit etwas Blut verlor er auch einen seiner Schneidezähne.

Gunnar platzte fast vor Wut.

Von der Seite hörte er Menschen. Sollten die Bullen hier tatsächlich zu Fuß kommen? Durchs Gebüsch?

Er konnte eine kleine Gruppe von Personen sehen, die sich rasch näherte.

Es waren offenbar vier junge Frauen. Gunnar musste fast lachen. So viel Frischfleisch, und er war an einen Baum gefesselt und hatte Eier wie Pflastersteine.

Die Vier näherten sich aufrecht. Alle trugen Sportsachen. Gunnar wurde unruhig. Womit hatte Barbie ihn eigentlich hier an den Baum gefesselt? Er versuchte hinter sich zu blicken. Konnte es aber nicht gleich erkennen. Es war eine Art Gürtel. Keine Schnalle. Und er war schwarz.

Das Mädchen stand immer noch vor ihm. Sie schaute ihn aber nicht mehr wütend an, sondern lächelte der Gruppe von jungen Frauen zu, die nun vor Gunnar stand.

»Bist du sicher, dass er es ist?«

Die Brünette in der Mitte richtete das Wort an das Mädchen.

Irgendwoher kannte er das Weib. Sie war von allen die Älteste. Vielleicht Ende zwanzig. Hübsches Fahrgestell, und er saß hier, an den Baum gefesselt, mit einem Gesicht wie Quasimodo.

Das Pferdeschwanz-Mädchen nickte.

»Hat er dich verletzt? Geht es dir gut?«

»Ja, bei mir ist alles in Ordnung, Anna. Er ist es sicher.«

Anna? Gunnar hob den Kopf. Die Stimme kannte er doch. So gut es die schmaler werdenden Schlitze seiner Augen zuließen, blickte er der Frau mit den dunklen Haaren ins Gesicht.

Dann fiel es ihm wieder ein. Anna hieß die Frau, die er hier das letzte Mal auf seine höchst spezielle Art und Weise beglückt hatte. Es musste schon fast zehn Jahre her sein. Die süße Anna mit dem unschuldigen Blick und der aufregenden Angst in ihren großen braunen Augen. Für einen Moment hatte er den Anflug einer Erektion, aber die Schmerzen waren dann selbst ihm zu groß.

Irgendwie gefiel ihm seine Lage immer weniger. Wieso hörte er noch keinen Polizeiwagen? Sie sollten jetzt die Bullen rufen und ihn festnehmen lassen. Er würde schon selber sehen, wie er aus der Nummer wieder raus käme.

Und genau das sagte er ihnen jetzt auch. Also zumindest den Teil mit dem Rufen der Polizei.

Diese Anna nickte einem der Mädchen zu, und die machte sich hinter ihm am Baum zu schaffen. Er konnte sein Glück nicht fassen. Die blöden Weiber ließen ihn frei. Wie dämlich konnten sie sein?

Kaum war er auf den Beinen, forderte Anna das Barbie-Girl auf, die Polizei zu rufen.

Und kaum, dass das Mädchen aufgelegt hatte, sah er Anna schon in der Luft. Ihr Tritt ließ ihn erst rückwärts gegen den Baum und kurz darauf vorwärts gegen ihr Knie prallen. Zwei weitere Zähne blieben auf der Strecke. Mit dem nächsten Hieb schien sie nahezu jede Rippe in seinem Brustkorb zu brechen.

Die weiteren Schläge spürte er kaum noch. Aber wenn ihn nicht alles täuschte, dann hörte er einen Streifenwagen. Oder es war die Hoffnung.

Als die Polizisten ihn fanden, hatte Gunnar kaum noch Ähnlichkeit mit dem Phantombild, das auf seiner Stirn klebte.

Aber es war keine große Schwierigkeit, ihn als den Täter deutschlandweiter Vergewaltigungsfälle auszuweisen.

Die Polizisten riefen nach dem Notarztwagen. Sie würden den Typen hier nicht verrecken lassen. Er sollte sich vor Gericht verantworten.

Irgendjemand musste ihn erkannt und aufs Übelste zugerichtet haben.

Dass die Suche nach den Tätern sicher schon nach wenigen Tagen eingestellt werden würde, war den Beamten aber jetzt schon klar. Das hier war ein kleiner Ort. Man kannte sich. Und man zeigte sicherlich nicht seine Schwester oder eine seiner Cousinen an.

Schon gar nicht, wenn sie in ein paar Tagen ihren Deutschen Meistertitel in Karate zu verteidigen hatten.

Timo der Trickser

Keiner wusste, wo er her kam. Er war auf einmal da und tauchte hier und dort in der Stadt auf. Nett sah er aus. »Süß« meinten die jungen Mädchen. Er war vielleicht einen Meter und achtzig groß und von schmaler Statur. Er trug immer schwarz. Schwarze Hose, schwarzes Hemd und einen schwarzen Hut, der auf seinem hellblonden kurzen Haar manchmal ein bisschen albern und manchmal geradezu verwegen aussah.
»Süß.« sagten die Mädchen. Auch deswegen.
Auf seiner Schulter trug er eine Echse, die er liebevoll Gila nannte.
Und in seiner Hand trug er stets ein Deck mit Spielkarten und ein paar Würfel mit Becher.
Er selbst hieß Timo. Sagte man.
Und schon bald nannten ihn die Leute »Timo den Trickser«.

Timo wohnte in einem günstigen Zimmer. Die Witwe Gerg, aus der Wickenstraße, vermietete gerne an Jugendliche und weniger reiche Durchreisende. Sie hatte bisher noch keine schlechten Erfahrungen gemacht, und auch Timo zählte sie zu den angenehmen Mietern.
Er machte keinen Ärger, half ihr mit den Einkäufen, wenn er sah, dass sie Hilfe brauchte und war sonst ruhig. Seine Echse störte sie auch nicht weiter. Es war ein stilles Tier und saß entweder auf seiner Schulter oder schlief im Zimmer.
Timo hatte das Zimmer für eineinhalb Wochen im Voraus bezahlt. Morgens stand er auf, trank eine Tasse von Witwe Gergs starkem Kaffee und ging dann hinaus. In der Regel führte er nur seine Tricks vor und nahm niemandem Geld ab. Hin und wieder aber kam es vor, dass Passanten gegen Bares mit ihm spielen wollten. Dann ließ er sich darauf ein. Und er gewann. Immer.
Stets blieb er ruhig und freundlich. Nie ließ er sich zu Streitereien hinreißen oder betrog jemanden. Er spielte und gewann.

Und immer war es so, als ob er auf jemanden wartete. Jemand bestimmten. Und seine Echse Gila wartete mit ihm.

Frederick stellte seinen Wagen ab. Trotz seines Restalkohols hatte er kein Problem damit, dass direkt vor ihm ein Polizeiwagen stand. Er zog ein Parkticket. Dann winkte er den Polizisten kurz und souverän zu und verschwand in der Drogerie. Er hatte sicher noch über ein Promille, aber was sollte das schon? Er fuhr ständig angetrunken. Er liebte es eben, sich ein bisschen was von den feinen Sachen zu gönnen. Es würde nichts passieren. Regeln waren für die anderen. Er war ein Glückskind. Nichts und niemand konnte ihm schaden.

Als er aus dem Markt herauskam, hatte er den ersten Streifen Kaugummi schon im Mund. Die leichte Fahne war ein bisschen unangenehm. Nicht für ihn selbst, aber vielleicht für seinen Chef. In dreißig Minuten hatte er einen Vortrag zu halten. Und dafür brauchte er etwas Frische im Mund. Und ein bisschen Deo unter den Armen. Von der untersten Stufe der Drogerie aus beobachtete er den blonden, jungen Mann an der Straßenecke. Frederick hatte schon von dem Jungen gehört. Er war umgeben von Kindern, die vermutlich gerade eine Freistunde oder große Pause hatten.

Frederick kannte den Hütchentrick und wusste jedes Mal, unter welchem Becher sich die Kugel versteckte.

Er ging zwei Schritte vorwärts.

Der Junge lächelte ihm zu und machte eine Handbewegung, die zu einem Nähertreten aufforderte. Timo der Trickser trug schwarze Handschuhe und forderte die Schulkinder auf, ein bisschen Platz zu machen. Er hätte einen würdigen Gegenspieler vor sich. Das würde er sofort erkennen. Jemanden, der sich auskannte und der sich seines Glückes absolut sicher war. Die Kinder wichen zurück.

»Wollen wir wetten?« Frederick machte es überhaupt nichts aus, den Jungen abzuziehen. Er hatte noch gute zehn Minuten Zeit, bevor er wieder in sein Auto und zu seinem Termin fahren musste. Bis dahin würde er dem Burschen mal so richtig zeigen, was es bedeutete, sich mit einem Geborenen der Fortuna anzulegen.

Mit Genugtuung gewann Frederick gleich in zwei aufeinanderfolgenden Spielen. Er lachte und schaute sich siegesgewiss um. Die Kinder um ihn herum erkannten aber offensichtlich nicht, mit wem sich der blonde Kerl mit dem schwarzen Hut hier maß.

In der folgenden Runde verlor Frederick dann. Was er seiner Unaufmerksamkeit wegen der Kinder zuschrieb.

Timo reagierte in keinster Weise überheblich. Er lächelte den unangenehm riechenden Mann an und hielt seine Würfel fragend vor sich.

»Worum spielen wir?« Die Selbstsicherheit des Jungen irritierte ihn. »Einhundert?«

»So viel habe ich nicht. Aber ich habe etwas Besseres.«

»Etwas Besseres als Geld? Was soll das sein?« Wieder lachte Frederick Aufmerksamkeit heischend in die Runde.

»Gold? Schmuck? Brillanten?«

»Nein,« Timo der Trickser lächelte sanft. »Wenn du gewinnst, dann werde ich dir den Schlüssel zum Glück schenken.«

»Das ist alles, was du mir bieten kannst? Einen dämlichen Schlüssel zu meinem Glück?«

»Nein, es ist nicht der Schlüssel zu *Deinem* Glück. Es ist der Schlüssel zu unser aller Glück. Aber wenn du nicht spielen möchtest, dann werde ich nicht versuchen, dich zu überreden. Verlieren trifft Glückskinder härter, als sie es erwarten.«

»Ich verliere nicht. Und wenn das alles ist, was du hast, dann spielen wir eben um deinen dämlichen *Schlüssel zum Glück*.«

Das Geraune unter den Kindern um sie herum stieg endlich so an, wie Frederick es sich die ganze Zeit gewünscht hatte.

»Und jetzt fang an. Ich habe nicht ewig Zeit.«

Timo lächelte, nickte und begann die Kugel unter einem der Becher verschwinden zu lassen. Seine Bewegungen waren geschmeidig und sein Atem war ruhig. Timo wusste, dass er dieses Spiel nicht verlieren würde. Zumindest nicht so, dass es tatsächlich verloren war.

Frederick zog den kleinen Schlüssel aus der Tasche. So ein Blödsinn. *Der Schlüssel zum Glück.* Der Bursche mit diesem eigenartigen Tier auf der Schulter wollte sich damit nur wichtig machen. Wofür sollte der gut sein? Er selber brauchte keinen Schlüssel zum Glück. Er selbst war der Schlüssel. Während der Fahrt schaute er immer wieder auf das Stück Metall, rieb über den Schlüsselbart und die Prägung. Es war noch nicht einmal zu erkennen, ob er in ein existierendes Schloss passte. Um ihn bei einem Lenkmanöver nicht aus der Hand zu legen, nahm er ihn kurz zwischen die Zähne.

Er kam einfach nicht darauf, warum er diesem Taschenspieler und dem Schlüssel so viel Aufmerksamkeit widmete.

Er musste jetzt in die Firma. Frederick konnte abgerissen aussehen wie er wollte, aber zu spät kommen hasste er wie die Pest.

Die Übelkeit kam ziemlich plötzlich. Begleitet von raschem Anstieg seiner Körpertemperatur fiel ihm das Atmen immer schwerer. Frederick war überrascht von der Gewalt, mit der es ihm auf einmal so schlecht ging. Schon im nächsten Moment sah er doppelt. Und als er über die Böschung hinausschoss und sich mehrfach überschlug, war er schon bewusstlos. Der Wagen fing Feuer, und Frederick hatte nicht mehr die Kraft, sich selbst zu helfen. Der kleine goldene Schlüssel war ihm schon beim ersten Überschlag aus der Hand gefallen.

Wie konnte das passieren? Er war doch ein Glückskind? Und wenige Minuten später war er tot.

Timo saß derweil in einem Café, aß Sandwiches und trank eine Zitronenlimonade. Gila schlief in seinem Rucksack. Sie mochte das, und ihm erleichterte es den Besuch von öffentlichen Gebäuden und Restaurants. Er hatte Verständnis dafür, dass nicht jeder seine Echse mochte. Die Menschen hatten Angst vor seinem Tier. Die Menschen hatten oft generell mehr Angst vor Tieren als vor weit giftigeren Menschen.

Er würde aufessen und dann weitergehen. Er wusste, wo er hin musste, und er hatte es nicht eilig.

Marisa saß in ihrem Wagen und kontrollierte im Rückspiegel ihren Lippenstift. Ihren Hals kontrollierte sie auf Knutschflecke, und ihre Frisur brachte sie mit ein paar Handgriffen wieder in Ordnung. Edwin ging davon aus, dass sie ihre kranke Mutter besucht habe. Dieser Idiot. Ja, ihre Mutter war tatsächlich krank. Aber sie würde auch nicht gleich wieder gesunden, wenn sie ihre wertvolle Zeit an sie verschwendete. Edwin und seine grässliche Liebe. Seine Berührungen fühlten sich mittlerweile widerlich an. Und sein weinerliches »Ich liebe dich.«, wenn er sie ansah, lösten Brechreiz bei ihr aus. Wenn sie könnte, wie sie wollte, dann würde sie ihn lieber heute statt morgen vergiften. Aber es war sein Haus, sein Geld, seine Ehe mit ihr. Und seine Dusseligkeit, dass er nicht kapierte, wie sie das Geld mit Nebenbuhlern verschleuderte, die über ihn lachten. Im Gegensatz dazu war es ihr Glück, dass sie immer wieder mit ihren Liebschaften durchkam. Schon in ihren ersten beiden Ehen. Sie hatte immer groß geerbt. Dann vermochte sie alles Geld mit beiden Händen auszugeben. Kurz bevor sie einer Pleite entgegentrieb, nahm sie das restliche Geld, richtete sich hübsch her und suchte sich den nächsten reichen Ehemann, der ihr verfiel. Sie war schön, und sie wusste ihre Chancen zu nutzen.

Dass die Herren dann nach wenigen Jahren jeweils im Büro einem Herzinfarkt erlagen, war nicht ihre Schuld. Da hatte wohl jemand die Medikamente verwechselt. Dafür konnte sie nichts.

Sie musste lachen. Dann sah sie im Spiegel den hübschen Jungen auf der Treppe vor dem Nachbarhaus sitzen. Mit dem hellen Haar und dem schwarzen Hut auf dem Kopf sah er ein bisschen aus wie ein Popstar aus den Achtzigern. Aber diese grässliche Echse auf seiner

Schulter war einfach nur abstoßend. Das musste dieser Spieler sein, von dem sie hier sprachen. Tino, oder so.

Marisa schaute auf ihre zierliche kleine Rolex. Ein Geschenk ihres vorletzten Gatten. Sie hatte ein bisschen Zeit. Und Lust zu spielen hatte sie immer. »Mein kleiner Glückskeks« hatte sie ihr letzter Mann gerne genannt. Und Recht hatte er. Was sie in die Hände nahm, verwandelte sich zu Gold. Und sie wollte sich mit diesem Jungen messen, von dem man sagte, dass er nicht verlieren könne.

Marisa stieg aus ihrem Wagen und lief auf ihren hohen Schuhen zu Timo hinüber. Auf der der Echse abgewandten Seite setzte sie sich neben den Burschen auf die Steintreppe.

Ihr Rock sprang dabei vorne ein wenig auf und legte ihre Oberschenkel frei. Der Junge war viel zu jung und unvermögend, um ihr Interesse zu wecken, aber es gehörte nun mal zu ihren Tricks, für Verwirrung zu sorgen, bevor sie ihr Glück bemühte.

»Du hast Karten?«

Timo lächelte sie an. Ihre Beine ließen ihn völlig unbeeindruckt.

»Ja. Möchtest du spielen?«

»Gerne, um was kann es gehen?« Sie erwartete nicht wirklich viel und wollte eigentlich nur zu ihrer eigenen Bestätigung gewinnen. Aber ganz so leicht wollte sie es ihm dann auch nicht machen. Es könnte ja sein, dass der Trickser sie mit irgendetwas über die Bestätigung ihres Glückes hinaus reizen konnte.

»Wir spielen um deine Uhr und um das hier.«

Bevor Marisa sich über die Forderung ihrer Uhr als Spieleinsatz kaputt lachen konnte, holte Timo mit seiner behandschuhten Hand einen platinfarbenen Ring aus einem Säckchen. Auf der einen Seite des Ringes umschloss ein Kreis von Saphiren einen feingeschliffenen Brillanten.

Marisa blieb fast die Luft weg. Der Ring war vermutlich noch mehr wert als ihre Uhr und erhöhte den Reiz am Spiel erheblich.

»Wo hast du den her? Der ist ja wunderschön.«

»Ich habe gespielt und jemand hatte Pech. Und jetzt gehört dieser Ring mir. Er ist sehr schön, nicht wahr?«

Marisa überlegte, wer so dämlich sein konnte, einen solchen Ring als Spieleinsatz zu wählen, aber sie konnte nicht widerstehen.

Sie legten Ring und Uhr zwischen sich auf eine der höheren Stufen.

Timo mischte die Karten, Gila schlief auf seiner Schulter und Marisa gewann alle drei Spiele, die sie gewinnen musste, um den Ring an sich nehmen zu dürfen.

Ohne zu zögern, steckte sie ihn sich an den Finger. Der Junge wirkte nicht halb so enttäuscht, wie sie es befürchtet hatte. Er schob die Karten zurück in die Hülle, zog die Handschuhe aus und stand auf.

Marisa konnte ein kleines bisschen Schadenfreude nicht verhehlen. Der Junge hatte irgendeinem Idioten diesen Ring abgezogen, und nun hatte sie ihm im Gegenzug das Schmuckstück abgenommen.

Ihre Uhr war nicht eine Sekunde in Gefahr gewesen. Da war sie sich sicher. Sie war ein Glückskind. Niemand konnte ihr in diesem Bereich gefährlich werden.

Gönnerhaft streckte sie dem Jungen ihre Hand mit dem funkelnden Ring zum Abschied entgegen, aber er schob seine Hände in die Taschen, lächelte sie an und wünschte ihr weiterhin viel Glück. Dann ging er die Straße hinab.

Marisa drehte sich ihrerseits um. Irgendetwas an dem Ring stach sie in den Finger, aber er war zu schön, um ihn wieder abzunehmen. Sie würde ihn beim Juwelier nachsehen lassen. Jetzt wollte sie aber erst mal ins Bett. Ihr war ein wenig schwindelig, und ihr Hals war trocken. Sie zog ihren Schlüssel aus der Tasche und lief die paar Schritte zu ihrem Hauseingang zurück. Als sich die Tür des Aufzugs öffnete, waren die plötzlichen Kopfschmerzen kaum noch auszuhalten. Und als sich die Türe schloss, sackte Marisa in der Ecke des Liftes zusammen. Oben angekommen schlug ihr Herz nur noch zwanzig Mal in der Minute. Und als einer der Hausbewohner den Aufzug eine Stunde später ins Erdgeschoss rief, schlug es überhaupt nicht mehr.

Timo ging zurück zu dem Haus, in dem sein Zimmer lag. Er nahm Gila vorsichtig von der Schulter und setzte sie in ihr Terrarium. Das Tier brauchte die Glaswände nicht, um an einer Flucht gehindert zu werden. Sie fühlte sich lediglich wohler dort drinnen.

Der Junge holte das kleine Nest, das er vorhin im Gebüsch aufgespürt hatte, aus seiner Tasche. Die rotgemusterte Echse beobachtete ihn bei seinen Bewegungen und ihre dicke, gespaltene, schwarze Zunge bewegte sich unruhig hin und her. Sie schien zu wissen, dass sich in dem Nest ihre heutige Mahlzeit befand.

Timo strich Gila sanft über den Kopf. Gleich nachdem sie gefressen hatte, würde er ihr wieder das kleine Stück Holz zwischen die Kiefer schieben. Über das Röhrchen am Ende des Beißstücks würde er dann wieder das Gift sammeln. Gila war das gewohnt. Es tat ihr nicht weh, und der Junge war gut zu ihr.

Und schon morgen würden sie sich wieder auf den Weg machen. In eine andere Stadt. Wo Menschen nur darauf warteten, ihnen zu zeigen, dass sie sich ihres Glückes einfach zu sicher waren.

Ruhe in Frieden

Der Friedhof war ab dem vierten Stock des Krankenhauses fast vollständig einzusehen. Für manche hatte er etwas Beruhigendes, auf andere wiederum wirkte er bedrohlich.

Vor allem die Langzeitpatienten hatten ein gespaltenes Verhältnis zu der Anlage.

Und der ein oder andere schaute lange und nachdenklich hinab, wenn die Visite das Zimmer verlassen hatte.

Der Friedhof gehörte selbstverständlich nicht zum Krankenhaus.

Schon lange bevor der Neubau der Klinik erstellt worden war, beerdigten die Menschen des Ortes ihre Angehörigen dort unter den breitgewachsenen alten Bäumen.

Die Kirche, in der die Aussegnungen vorgenommen und die Trauerfeiern abgehalten wurden, war vom Krankenhaus wiederum nicht zu sehen.

Nur den Kirchturm konnte man hinter den Bäumen erkennen. Im Winter besser als im Sommer.

Hanna beobachtete die eigenartigen Vorgänge als Erste. Und erst, nachdem sie sich sicher war, dass dort etwas nicht mit rechten Dingen vor sich ging, machte sie ihre Zimmernachbarin Franzi darauf aufmerksam. Hanna bewohnte das Zimmer schon seit fast drei Monaten. Und seit drei Wochen zeichnete sich erstmals ab, dass sie es tatsächlich irgendwann mal verlassen würde. Aufrecht und in ein normales Leben hinein.

Bei Franzi sah es nicht ganz so gut aus. Sie war erst vor vier Tagen in das Zimmer gekommen.

In ihrem Kopf waren diverse Leitungen quasi falsch verbunden. Zusätzlich waren ihre Gefäße brüchig wie Pergamentpapier.

Immer, wenn die beiden aus vollem Herzen lachten, hatte Hanna Angst um ihre Zimmergenossin. Und Franzi lachte noch lauter, weil sie, wenn es schon sein müsse, gerne lachend sterben wollte. Alles, was sie sich wünschte, war bald auf die Station III verlegt zu werden. Warum, das mochte sie Hanna nicht sagen. Nur, dass die Ärzte dort die einzigen waren, die ihr noch helfen konnten.

Es war ein Donnerstagnachmittag, als sie die Friedhofsgärtner beim Ausheben eines neuen Grabes beobachteten. Das Loch war so wie üblich etwas über zwei Meter lang und einen Meter breit.

Und tief war es. Immer wieder erschreckend tief.

Franzi hatte gelacht. Sie meinte, dass sie gerne noch selber zum Spaten greifen würde, wenn sie nur sicher genug war, dass es mal ihr eigenes Grab sei.

Franzi durfte ihr Bett nur selten verlassen. Und so ging Hanna meist alleine über die Krankenhausflure, wenn ihr die Wände ihres Zimmers zu eng wurden. Am liebsten hielt sie sich weiter oben auf. Im sechsten Geschoss zum Beispiel. Dort war die Kinderstation, wo es manchmal laut und wild einherging. Oder in der Nähe der Entbindungsräume, in der siebten Etage. Die zufriedenen Blicke der frischgebackenen Mütter gaben ihr Hoffnung. Früher hatte sie oft davon geträumt, jung Mutter zu werden. Jetzt bestand ihre größte Hoffnung darin, überhaupt noch leben zu dürfen.

Als sie wieder nach unten fuhr, sah sie eine Frau am Ende des Ganges sitzen. Hanna hatte sie schon häufiger hier gesehen. Sie war Langzeitpatientin. So wie sie selbst. Stets trug sie ihr graublondes Haar im Nacken zu einem festen Pferdeschwanz gebunden. Und wann immer sie ihr Zimmer verließ, hatte sie frischen Lippenstift aufgelegt.

Ihr Gesicht schien älter als sie war. Denn irgendwann hatte Hanna gehört, sie sei erst Ende fünfzig. Hanna wusste nicht warum, aber irgendwie machte die Frau den Eindruck, als würde sie sich über ein Gespräch freuen. Und so setzte sie sich auf den Platz an ihrer rechten Seite und blickte zu ihr hinüber. Das Köfferchen, welches die Frau vor sich festhielt, wirkte klein und zerbrechlich.

Auf dem Schild, das an einem lila Bändchen befestigt war, las Hanna in großen Buchstaben den Namen Karlinde Teubner.

»Karlinde,« sagte sie. »den Namen habe ich noch nie zuvor gehört.«

»Ja, der Name ist wohl selten.« Die Frau lachte leise. Und wenn sie lachte, hatte sie ein bisschen was von einem jungen Mädchen. Aber der Krebs hatte durchaus auch schon an ihrem Äußeren genagt. »Meine Eltern hatten sich einen Sohn gewünscht. Sie wollten ihn Karl nennen. Für den Fall, dass das Kind ein Mädchen wird, wollten sie mich Heidelinde nennen. Letztendlich war die Trauer über den nicht bekommenen Sohn so groß, dass sie mich Karlinde nannten. Ich finde den Namen aber hübsch. Er ist eben etwas speziell.«

Völlig unvermittelt zog die Frau einen kleinen Plüschhasen aus dem Koffer hervor. Er war sicher schon viele Jahre alt und an manchen Stellen etwas kahl. Alles in allem machte er den Eindruck, dass er oft und gerne in den Händen gehalten wurde. »Den habe ich von meiner Mutter bekommen, bevor sie starb. Möchtest Du ihn haben?« Sie hielt Hanna den Hasen entgegen und streichelte ihm dabei über die Ohren.

»Weißt du, ich werde verlegt. Ich habe lange warten müssen, und jetzt darf ich auf die III. Nimm ihn. Ich würde mich freuen, wenn du jetzt auf ihn aufpasst.«

»Nein, den nimmst du mit. Wenn du wieder gesund bist, wirst du ihn sonst vermissen.«

Die Frau lächelte Hanna liebevoll an. »Nimm ihn nur. Ich freue mich, wenn er dort ist, wo man sich über ihn freut.«

Widerwillig streckte Hanna ihre Hand aus. Der kleine Plüschhase fühlte sich warm und weich an. Sie würde ihn behalten. Zur Not so lange, bis sie ihn an Karlinde zurückgeben konnte.

Über den Gang kam eine der Schwestern und nahm den kleinen Koffer in die Hand. Sie half der Patientin beim Aufstehen und führte sie zum Fahrstuhl. Auf dem Weg dorthin blickte sich Karlinde noch zweimal um. Sie winkte Hanna. Aber nicht so, als freute sie sich, sie bald wieder zu sehen. Sondern eher so, als nehme sie Abschied.

Hanna stand auf und ging zurück in ihr Zimmer. Dort legte sie sich in ihr Bett. Franzi schlief fest.

Irgendetwas fühlte sich komisch an. Der friedliche Blick von Karlinde Teubner machte sie traurig. Und der kleine Stoffhase auf ihrem Nachttisch wirkte verwaist und deplatziert.

Als Franzi aufwachte, hatte Hanna schon beschlossen, ihr nichts von dieser Begegnung zu erzählen. Franzis Leben bestand ohnehin zu weiten Teilen aus Schmerz und Sterben. Da musste sie ihr nicht noch erzählen, dass sie fest davon überzeugt war, die Dame im Flur zum letzten Mal gesehen zu haben.

Am nächsten Tag verfolgte Hanna die Beerdigung unterhalb ihres Fensters. Es waren nur wenige Menschen dort. Zwei Pfleger erkannte sie. Und die Krankenschwester, die sie gestern im Flur gesehen hatte. Der Sarg wurde herabgelassen und das Grab zugeschüttet. Dann nahm der Friedhofsgärtner das Kreuz unter der grünen Plane hervor und steckte es tief in den noch weichen Boden. Hanna konnte den Namen und die Daten im Holz natürlich nicht lesen. Aber irgendetwas sagte ihr, dass sie dort die Antwort finden würde, die sie suchte.

Es klopfte an der Tür. Eine Krankenschwester trat ein und bat sie kurz das Zimmer zu verlassen. Sie müsse mit Franzi sprechen. Hanna war überrascht. Bisher war es den Pflegern und auch ihnen selbst egal gewesen, wer zuhörte, wenn Gespräche stattfanden, Blut abgenommen oder der Brustkorb abgehorcht wurde. Aber sie verließ das Zimmer. Franzi schien schlagartig hellwach, und es gelang ihr sogar fast, sich vollständig im Bett aufzurichten.

Alles eigenartig. Sehr, sehr eigenartig.

Kaum hatte die Schwester das Zimmer verlassen, lief Hanna zurück. Sie war enttäuscht. Franzi lag wieder flach in ihrem Bett. Sie schlief ruhig, und Hanna konnte nicht fragen, was das alles zu bedeuten hatte.

Sie stellte sich ans Fenster. Gestern erst war das Grab ausgehoben worden. Wieso nahm jemand vom Krankenhauspersonal an der Beerdigung teil? War es vielleicht zufällig ein Verwandter der Krankenschwester? Oder bloß jemand, den sie kannte? Wieso machte sie dieses schlichte Holzkreuz so unruhig? Gerne hätte sie mit Franzi darüber gesprochen.

Ihre Neugier trieb sie zum Aufzug. Sie musste wissen, was los war.

Um unter den Besuchern nicht aufzufallen, hatte sie ihren Sommermantel über den Schlafanzug gezogen. Dazu trug sie die Turnschuhe, die ganz hinten im Schrank standen. In den letzten Tagen hatte sie ja nichts als ihre Pantoffeln getragen.

Hanna verließ das Krankenhaus durch den Vorderausgang. Dann wendete sie sich nach links und ging an dem Gebäude entlang bis zu dem hohen Zaun. Das Tor zum Friedhof stand offen. Weiter hinten konnte Hanna die Gärtner sehen. Sie hoben offenbar bereits das nächste Grab aus.

Sie wollte ihnen nicht begegnen und lief den breiten Weg hinab bis zu dem frisch zugeschütteten Grab. Von hier aus konnte sie hinauf zu ihrem Zimmer schauen. Alles schien normal. Eine schlichte Grabstelle. Natürlich noch unbepflanzt.

Aber dann nahm es ihr den Atem, und sie taumelte. Der Name auf dem Kreuz versetzte ihr einen schweren Schlag in die Magengrube. Dort stand in einfachen schwarzen Buchstaben Karlinde Teubner. Und als Sterbedatum wurde der gestrige Tag benannt. Hanna wich zurück. Das Kreuz hatte seit gestern, beschriftet wie es war, unter der Plane gelegen. Und erst gestern hatte sie noch mit Karlinde gesprochen. Die ersten Schritte lief Hanna noch rückwärts. Dann drehte sie sich um. Karlinde Teubner war tot. Das hatte sie geahnt, aber wieso war ihr Grab schon vorbereitet, als sie noch lebte? Was hatte das Ganze mit der Station III zu tun? Mit Tränen in den Augen lief sie zurück in Richtung Krankenhaus. Dann blieb sie ruckartig stehen. Sie hatte vorhin gesehen, dass die Friedhofsgärtner bereits das nächste Grab aushoben. In ihrem Magen schien sich ein Eisblock zu befinden. Langsam, sehr langsam lief sie die Wege bis zu dem neuen aufgeschütteten Erdhaufen. Wie üblich war das tiefe Loch mit Brettern abgedeckt worden. So dass niemand versehentlich hineinfallen konnte. Hanna atmete scharf ein. Dann lüftete sie die grüne Plane, die die Erde bedeckte. Darunter befand sich auch ein Holzkreuz. Und als ein paar Sonnenstrahlen auf den oberen Balken trafen, ließ Hanna die Plane wieder fallen und lief, so schnell es ging, zurück zum Krankenhaus. Obwohl sie kaum noch Luft bekam, wählte sie die Treppe. Hanna konnte nicht warten, bis der Aufzug endlich im Erdgeschoss hielt und sie dann mit stets gleichbleibender Geschwindigkeit nach oben in den vierten Stock brachte. Sie rannte durch den breiten Flur, der in den Weg zu ihrer Station gabelte. Sie musste mit Franzi reden. Musste wissen, was es zu bedeuten hatte.

Warum stand auf dem hölzernen Kreuz der Name ihrer Zimmergefährtin? Franziska Charlotte Pretzold. Ohne Zweifel. Die Franzi, mit der sie in den letzten Tagen viele Stunden über das Leben und den Tod gesprochen hatte. Hanna riss die Tür auf und stürmte in das helle Zimmer.

Franzis Bett war leer.

In der Nacht lag Hanna noch lange wach. Die Schwestern hatten ihr gesagt, dass Franzi auf eigenen Wunsch auf die Station III verlegt worden war. Mehr Informationen durften sie ihr nicht geben. Als Hanna auf das Grab und den Namen auf dem Kreuz hinwies und zu weinen begann, gaben ihr die Schwestern eine Beruhigungsspritze. Dann schickten sie sie zurück in ihr Zimmer.

Zwei Wochen später durfte Hanna das Krankenhaus verlassen. Sie würde die nächsten Wochen in der Reha verbringen müssen und dann zurück in ihr Leben gehen. Langsam und behutsam. Aber zurück. Leben, arbeiten, feiern, Menschen treffen, lieben, und endlich wieder frei sein. Frei von den Sorgen und Ängsten, die ihre Krankheit mit sich gebracht hatte. Und als sie die Station verließ, drehte sie sich nicht ein einziges Mal um.

Es war fast zwanzig Jahre später, als Hanna wieder vor dem hohen Gebäude mit der dunkelgrauen Fassade stand. Aber betreten wollte sie das Krankenhaus erst später. Durch das große Tor im Westen des Geländes ging sie auf den Friedhof. Franzis Grab lag im Schatten der großen Bäume. Noch immer sprach man nicht darüber. Hier lagen die Menschen, die bewusst diesen Weg gewählt hatten. Den Weg in die Station III, die kein Mensch mehr lebendig verließ. Ihre eigene Einweisung auf diese Station trug sie in ihrer Handtasche. Gleich neben dem kleinen Plüschhasen. Die Krankheit war zurück, und ihre Zeit lief ab. Aber den Zeitpunkt wollte sie selber bestimmen.

Dann ging sie den breiten Weg zum Krankenhaus. Etwas weiter westlich wurde das nächste Grab ausgehoben. Und Hanna wusste auch, welcher Name auf dem Kreuz unter der Plane stand.

Der Schuldige

»Keine Zeit, keine Zeit!« Sie glauben wohl, Sie können sich das leisten? Sie glauben, wenn Sie entscheiden, dass mein Anliegen nicht in Ihren Zeitplan passt, ist es weniger wichtig?
Sie haben ja keine Ahnung!
Und deswegen habe ich Sie nun hierher gebracht. Jetzt haben Sie Zeit! Alle Zeit der Welt.
Sie sollten nicht so sehr an den Bändern ziehen. Der Kabelbinder hat Sie schon verletzt, und Sie bluten hier auf meinen Teppich.
Da fragen Sie dann nicht nach, oder? Das kostet mich dann nämlich MEINE Zeit. Das alles wieder sauberzumachen und in Ordnung zu bringen.
Wir hätten es viel einfacher haben können, wenn Sie mir nur einen Moment zugehört hätten. Dort auf dem Parkplatz.
Und erzählen Sie mir nicht, dass alles einen Grund hat. ICH bin nicht krank. SIE sind krank. Todkrank.
Sie wissen ja gar nicht, wie krank Sie sind. Aber Sie wollen mir ja nicht zuhören. Sie wollen die ganze Zeit nur herumschreien und jammern.
Sie haben ja keine Ahnung, wie sehr Sie mich damit verärgern.
Und ich habe Ihnen schon hundert Mal gesagt, dass Sie mich nicht duzen sollen. So viel Zeit muss sein. So viel Anstand muss sein.
Wenn Sie mich nicht respektieren, dann muss ich eben den Kabelbinder noch ein bisschen fester ziehen.
Ja. Das haben Sie nun davon.
Wie, Ihre Finger sterben ab?
Doch nicht nach drei, vier Stunden. Das dauert schon noch ein bisschen.
Sie hören einfach nicht auf zu bluten. Können Sie das bitte lassen?
Ob ich meine Tabletten nicht genommen habe? Meine Tabletten?

Ich nehme das Gift schon seit ein paar Tagen nicht mehr.
Sie glauben tatsächlich ich bin wahnsinnig genug, mich vergiften zu lassen, oder?
Da muss ich aber lachen. Wenn ich Sie freilasse, dann werden Sie sich für mich einsetzen? Sie? Für mich? Das macht mich so wütend. Sie werden sich nicht für mich einsetzen. Das haben Sie bisher nicht getan und werden es auch künftig nicht tun. Und nun hören Sie auf, so herumzuzappeln, sonst nagel ich ihren rechten Fuß auch noch auf dem Boden fest.
Also hören Sie mir nun zu oder nicht?
Wie war das noch mit dem Brief aus dem Büro? Gekündigt? Wegen Unterschlagung? Das stand mir zu. Das Geld stand mir zu. Da brauchen Sie mir nicht zu sagen, dass ich es nicht nehmen darf. Und das Schreiben meiner Frau? Was meinen Sie mit »rechtmäßig geschieden.«? ICH habe keine Scheidung eingereicht, ich habe ihr sogar ausdrücklich verboten, die Scheidung einzureichen. Ich habe es ihr deutlich gesagt, aber sie hat immer nur geheult und versucht wieder aufzustehen. ICH bin nicht rechtmäßig geschieden. Und sie ist es auch nicht. Sie ist jetzt tot und liegt nebenan. Aber geschieden ist sie nicht! Wie kommen Sie dazu, mir so einen Brief zu schicken?
Hören Sie auf rumzuheulen. »Ich bin nur der Briefträger, ich bin nur der Briefträger.«
SIE haben mir diese Briefe geschrieben und in den Postkasten gelegt. Ich habe es genau gesehen. Mit ihrem hässlichen Fahrrad sind sie jedes Mal gekommen und haben diese Drecksbriefe aus der Tasche gezogen. Sie haben gelacht, als sie mir diese Papiere in den Kasten schoben.
Wissen Sie noch, als Sie mir den Brief schrieben, dass meine Medikamente ab sofort nicht mehr von der Kasse bezahlt werden?
Hören Sie auf zu schreien, Sie Waschlappen!
Und diese alberne Uniform. Kommen Sie sich nicht lächerlich vor? Ständig böse, falsche und Lügenbriefe zu verteilen?
Ich kann das nicht länger ertragen. Ich kann SIE nicht ertragen.

Aber jetzt werden wir uns wohl länger nicht mehr begegnen. Sie bleiben hier sitzen und denken mal darüber nach, was passiert, wenn Sie Menschen diese Briefe in den Postkasten legen. Wie viel Unheil und Leid Sie damit anrichten. Gleich nach der Therapie komme ich wieder zurück. Das dauert höchstens zwei, drei Wochen. Meine Frau liegt, wie gesagt, nebenan. Sie sind in bester Gesellschaft. Und dann können Sie mir ja sagen, wie Sie all das Übel wieder gutmachen wollen. Und bis dahin, hören Sie endlich auf, mir den Boden vollzubluten. Und lassen Sie die Schreierei. Hier hört Sie eh keiner. Mich hat hier auch niemand schreien gehört. Alle die Jahre nicht.

Auf Wiedersehen und nicht vergessen. Sie können nicht einfach Briefe zu Leuten bringen. Damit machen Sie Menschen oft nämlich wütend. Sehr wütend.

Skorpion

Menschen, die im Sternzeichen Skorpion geboren sind, tun sich vor allem durch ihren starken Willen hervor. Skorpione gehen den Dingen auf den Grund, und ihrem kritischen Blick bleibt nichts verborgen. Dem Skorpion ist kein Hindernis zu hoch, und er lässt sich gerne herausfordern. Kräfte messen und Auseinandersetzungen sind bei diesem Zeichen an der Tagesordnung. Wenn ein Skorpion Schwäche spürt oder gereizt wird, geht er gerne zum Angriff über. Skorpione tarnen ihre Lust zum Kampf und zur Auseinandersetzung hinter guten Manieren und Zielstrebigkeit. Skorpione sollten niemals unterschätzt werden. Wenn man einen Skorpion zum Freund oder Partner gewinnt, hat man einen treuen Begleiter fürs ganze Leben an seiner Seite.

Simone ließ ihre Zeitung sinken und schüttelte sanft den Kopf. Horoskope waren ihr in der Regel zuwider. Sie konnte solche Dinge nicht ernst nehmen. Wenn etwas Lustiges drin stand, dann lächelte sie darüber und vergaß es gleich wieder, und wenn etwas Unangenehmes drin stand, dann vergaß sie es eben, ohne drüber zu lächeln. Ja, ihr persönlicher Skorpion scheute in der Tat weder Konfrontation noch Wettbewerb. Ein typischer Fall eben.

Paul schwang sich an das Netz und unter den Ball, als ob er zwanzig sei und nicht schon neunundfünfzig. Simone saß auf ihrem Liegestuhl und beobachtete, wie ihr Mann sich beim Beachvolleyball mit der Jugend des Ferienclubs ein unerbittliches Gefecht lieferte. Keinen Punkt ließ er aus, und nicht einen Moment hatte man das Gefühl, dass er müde wurde. Das Abklatschen mit den Burschen aus seinem Team und die Anfeuerungsrufe der jungen Mädchen am Feldrand wirkten Wunder. Es war wie ein Aphrodisiakum. Simone kam sein Verhalten eher albern und lächerlich vor.

In seinen Shorts und seiner durchaus trainierten Figur mochte Paul auf die anderen Frauen ihres Alters einen attraktiven und sinnlichen Eindruck machen. Bei ihr löste sein Anblick im besten Fall Besorgnis aus. Er sollte endlich aufhören, sich und den anderen etwas vorzumachen. Sonst würde er schneller einem Herzinfarkt erliegen, als ihr oder seiner Versicherung recht sein konnte. *Skorpione seien schwierig zu durchschauen und schwer einzuschätzende Konkurrenten.* Sie musste lachen. Sie hätte Paul lieber als Konkurrenten denn als Ehemann. Schwer zu durchschauen war er nämlich nicht. Wenn er abends noch mal loszog, um sich mit »den Jungs« zu treffen, mochte lediglich er noch an seine Lügenmärchen glauben. »Die Jungs« stand nicht erst seit gestern für die eine oder andere Studentin seiner Hochschule.

Von Respekt oder Anerkennung ihrer selbst war von ihm nichts mehr zu erwarten. Und wann immer sich die Gelegenheit bot, zeigte er seiner Frau das auch.

»Wenn man einen Skorpion zum Freund oder Partner gewinnt, hat man einen treuen Begleiter fürs ganze Leben an seiner Seite.« Absoluter Blödsinn.

Selten hätten Skorpione Angst vor einer echten Herausforderung. Und wieder musste sie lachen. Ging Paul nicht allein dadurch schon echten Herausforderungen aus dem Weg, indem er sich nicht mit einer erwachsenen Frau auseinandersetzte, sondern sich stattdessen mit Mädchen paarte, die nicht einmal halb so alt waren wie er selbst? Simone schenkte sich noch etwas von dem Prosecco aus dem Eiskübel nach und schob ihre Sonnenbrille ins Haar.

Pauls Team lag eindeutig in Führung, und die Mannschaft war dazu übergegangen, nicht mehr nur abzuklatschen, sondern sich mit Anlauf gegen die Brust zu springen. Es hat etwas von Primaten, dachte Simone.

Primaten, die sich darüber freuen, einem anderen Rudel von Primaten überlegen zu sein.

Auf Pauls Liegestuhl lagen seine Sachen. Die Bermudas ordentlich gefaltet.

Sein Team hatte offensichtlich gewonnen, und er kam langsam und stolz zu seiner Frau zurück.

Beim Hinsetzen klopfte er ihr leicht auf den Oberschenkel. Dann schaute er wieder hinüber zu den jungen Leuten.

»Bei denen schwabbelt nichts.«

Simone schob seine Hand von ihrem Bein.

»Die sind ja auch weniger als halb so alt wie du und ich.« Sie setzte ihre Sonnenbrille wieder auf.

»Tja. Manche trifft das Altern eben härter als andere, Schatz.«

Am Abend bereiteten sie sich auf das Dinner vor.

»Du willst dich doch nicht auch noch im Urlaub zum Gespött der Leute machen, oder?«

Paul wies mit herab gezogenen Mundwinkeln auf das Kleid, das sie sich für den Abend aufs Bett gelegt hatte.

Simone liebte das leichte rote Jersey-Kleid. Es betonte ihre Vorzüge und kaschierte das, was zu kaschieren war.

Paul sah das anders. Es war, als könnte er ihre Gedanken lesen.

»Ich weiß, dass du glaubst, dieser Sack würde deine Problemzonen verbergen. Aber du unterschätzt die Anzahl und Ausprägung deiner Problemzonen, Schatz. Und auch noch in rot.« Er schüttelte mit dem Kopf.

Simone hängte das Kleid wortlos zurück auf den Bügel und wählte das dunkelblaue. Schlicht, schmal und unauffällig. Sie legte ihre Ohrringe an und setzte sich auf den Sessel neben dem Fenster. Im Bad konnte sie ihren Mann vor sich hin pfeifen hören. Sein Sakko hing über dem Stuhl, und seine hellen Lederslipper standen an der Tür.

Pauls Pfeifen bereitete ihr leichte Kopfschmerzen. Und dann blickte sie wieder zu seinen Schuhen.

Simone beugte sich etwas vor und schaute genauer hin. Eine kleine Bewegung hatte sie irritiert. Sollte das Ironie des Schicksals sein?

Sie hörte ihren Mann unbeirrt pfeifen und vor sich hinsummen und dachte nach. Sollte sie es ihm sagen? Nein. Warum auch? Er hörte ihr sonst auch nicht zu. Schnell ging sie die eventuellen Probleme mit der Rückführung und den Erklärungen Zuhause durch. Niemand würde ihr etwas vorwerfen können.

Als Paul aus dem Badezimmer kam, warf er einen Blick auf seine Frau. Er lächelte und zwinkerte ihr bestätigend zu. Und einen Moment lang überlegte Simone, ob sie ihn warnen sollte. Seine Beleidigungen schmerzten zwar immer wieder aufs Neue, aber war das Grund genug?

»Ein wenig Sport würde dir und deiner Figur eigentlich auch ganz gut stehen, Schatz.« sagte er und streifte sich sein leichtes Sakko über.

Simone biss sich auf die Zunge und blickte zum Fenster hinaus.

Als Paul barfuß in seine Slipper fuhr, schrie er auf und fluchte.

Es war ein Leiurus quinquestriatus. Er kam hier in der Region eigentlich nicht so häufig vor. Simone erkannte ihn an der Größe, der fahlgelben Farbe und der hübschen Musterung auf dem Rücken. Er gehörte der Gattung der Buthidae an und galt als einer der gefährlichsten seiner Art. Simone kannte sich aus. Vor all ihren Reisen studierte sie eingehend, was sie in der örtlichen Fauna und Flora erwarten würde.

Wie oft hatte sie ihrem Mann gesagt, dass er seine Schuhe ausschütteln sollte, bevor er sie anzog?

Er hatte sie jedes Mal ausgelacht und als paranoid bezeichnet.

Ein Skorpion hatte weite Teile ihres Lebens zur Hölle gemacht. Vielleicht war es dann auch nur gerecht, wenn ein anderer ihm damit ein Ende setzte.

Simone ging zum Schrank, nahm das schöne rote Kleid heraus und begab sich ins Badezimmer. Und während sie sich umzog, pfiff sie eines der Lieder, das Paul sonst von sich gab.

Der Rastplatz

Claire ist schon seit mehr als drei Stunden unterwegs. Der Tank ist noch halb voll, aber der Druck auf ihrer Blase ist kaum auszuhalten. Jetzt im sechsten Monat wird es täglich heftiger. Der Kleine turnt in ihrem Leib, und sie versucht das ungeborene Kind mit sanften Worten und Handauflegen zu beruhigen.

Aber wie kann ihr Baby ruhig sein, wenn ihr selbst das Herz bis zum Hals klopft? Sie hat nicht zu hoffen gewagt, dass er sie heute noch fahren lässt.

Er stand in der Tür, die Arme verschränkt und mit verschlossener Miene. Nein, sie kann immer noch nicht glauben, dass sie es geschafft hat. Sie spürt wieder einen Tritt. Der Kleine ist heute viel unruhiger als sonst.

Aus der Dunkelheit hebt sich das blaue Schild hervor. Die nächste Tankstelle ist über fünfzig Kilometer entfernt. Das wird sie niemals schaffen. Als sie sich schon mit dem Gedanken trägt, mit Warnblinker auf dem Standstreifen zu halten und über die Leitplanke zu steigen, sieht sie ein weiteres Schild. Ein Rastplatz. Nur vier Kilometer voraus. Wieder ein Tritt. Claire beißt die Zähne zusammen.

»Nur noch drei, vier Minuten, mein Liebling. Lass mir nur ein paar Minuten.« Ihre Hand streicht über den Bauch. Der Kleine ist gnädig, und schon bald kann sie das große »P« erkennen, das ihr den Parkplatz anzeigt.

Die Ausfahrt ist von Hecken gesäumt, und der Wagen rollt auf dem nahezu leeren Parkstreifen aus. Claire ist nervös. Ein paar LKW stehen auf der gegenüberliegenden Seite. Hinter den Scheiben glaubt sie Augenpaare erkennen zu können, die sie in ihrem Auto beobachten. Aber vermutlich bildet sie sich das nur ein. Der Motor läuft noch, und Claire fährt ein paar Meter näher an das Gebäude mit den Waschräumen heran. Ihr Blick fliegt unruhig über das Gelände. Jenseits der

Beleuchtung ist in der Dunkelheit nicht viel zu erkennen. Auf die meist leeren Parkbuchten, Mülltonnen, wenigen Bänke und Tische fällt nur schwaches Licht. Alles ist umrahmt von niedrigen, dichten Gebüschen. Als ihr Blick auf den Weg zu den Waschräumen fällt, zuckt sie kurz zusammen. Eine Ratte läuft zwischen den Mülltonnen hin und her. Claire hasst Ratten. Die kleinen, stechenden Augen bereiten ihr Furcht.

Das Baby in ihrem Bauch hat wieder zu strampeln begonnen. Sie weiß, dass es keine andere Möglichkeit gibt, als jetzt sofort auszusteigen und sich zu beeilen. Während sie den Zündschlüssel zieht und vorsichtig die Tür öffnet, hofft Claire, dass sich niemand auf den Damentoiletten befindet.

Die Panik breitet sich von ihrem Nacken über den ganzen Körper aus. Und das Flackern der defekten Wegbeleuchtung macht ihr zusätzlich Angst.

Wieder legt Claire ihre Hände auf den Bauch. Wenn sie sich schon nicht selber beruhigen kann, dann doch wenigstens ihr Kind.

Bis zu dem kleinen Bau sind es höchstens zwanzig Meter. Schilder zeigen an, dass sich auf der linken Seite die Damen- und auf der rechten die Herrenwaschräume befinden. Claire wendet sich nach links. Sie huscht an den Mülltonnen vorbei.

An die Ratte, die sie vorhin hier gesehen hat, möchte sie jetzt nicht denken.

Als sie um die Ecke kommt, steht sie plötzlich zwei Gestalten gegenüber. Claire schreit auf. Aber es sind nur zwei Trucker, die von der anderen Seite des Parkplatzes zurückkommen.

»Keine Panik, Frollein. Wir tun ihnen nichts. Alles okay.« Die Männer lachen sie beruhigend an und gehen weiter. Beide schauen sich noch ein paar Mal um, aber sie bleiben nicht stehen.

Claire hat die Tür erreicht. Sie holt tief Luft und zieht den Knauf an sich heran. »Bitte, bitte, bitte Gott, lass hier niemanden einen Unterschlupf für die Nacht gesucht haben. Keine Junkies und keine Penner. Bitte.«

Ihr Blick sucht den weiß gefliesten Raum ab. Das Licht ist grell, und Claire kann keine Menschenseele erkennen. Ohne weiter zu zögern tritt sie ein und wendet sich nach links zu den Toiletten. Drei von vier Türen stehen offen. Um sicher zu gehen, dass sie von niemandem überrascht wird, rüttelt sie an der vierten Tür. Dann schaut sie unter dem breiten Spalt zwischen Tür und Boden, ob sie Füße erkennen kann. Nichts. Als sie sich wieder aufrichtet, sieht sie das Schild. »Defekt« steht an der Toilette, die sich nicht öffnen lässt. Claire ist beruhigt. Sie ist allein. Rasch richtet sie sich auf und betritt das WC ganz rechts. Die Tür verschließt sie fest und rüttelt noch einmal daran, um wirklich sicherzugehen, dass sie verschlossen ist. Dann hebt sie ihr Kleid und schiebt ihren Baumwollslip bis zu den Knien hinab. Mit den Händen hält sie sich an den Wänden, so dass ihre Schenkel nicht die brillenlose Schüssel berühren. Seitdem sie denken kann, empfindet sie einen vehementen Ekel vor öffentlichen Toiletten. Ein paar Sekunden schließt sie die Augen und horcht auf ihren Herzschlag. Dann richtet sie sich auf, greift hastig nach dem Papier und trocknet sich ab.

Wieder angezogen bleibt sie einen Moment still stehen. Es ist nichts zu hören. Claire schiebt den Riegel nach rechts und verlässt die Kabine so schnell sie kann. Vor dem Spiegel lässt sie nur kurz das Wasser über ihre Hände laufen. Sie spürt, dass jemand in der Nähe ist, und wieder breitet sich die Panik aus.

Den Autoschlüssel hält sie schon in der Hand, als sie die schwere Tür nach vorne schiebt und fluchtartig den Weg zu ihrem Auto sucht. Es ist ihr egal, ob sie Recht damit hat, dass jemand um das Gebäude schleicht, oder ob ihre Fantasie mit ihr durchgeht. Sie will nur noch raus. Einfach weg von hier.

Claire springt in den Wagen. Sie hat Angst, dass ihre Panik wieder vorzeitige Wehen auslöst. Leise und sanft spricht sie zu ihrem Sohn. Dieser Tag war eine große Belastung für sie beide. Als sie auf den Wagen zulief, hat sie die dunkle Spur gesehen. Sie musste es übersehen haben, als sie seine Leiche in den Kofferraum gehoben hatte. Würde ein Fremder erkennen, was das ist? Vermutlich nicht. Und gerade jetzt in der Dunkelheit konnte man es gut für etwas Rost oder auch nur Schmutz halten.

Sie hatte keine Wahl gehabt. Ihr war nichts anderes übrig geblieben. Sie hatte ihm gesagt, dass sie es seiner Frau sagen müsse. Dass er der Vater ihres Kindes ist und sie drei eine Familie wären. Dass sie ihn nicht mehr halten könne und der gemeinsame Sohn schon im August zur Welt käme.

Er wollte sie nicht gehen lassen. Er sprach von seiner Ehe und dass er sich niemals scheiden ließe. Er sprach so schrecklich viel und keines seiner Worte sagte ihr das, was sie hören wollte. Und er ging ihr nicht aus dem Weg, sondern hielt sie an beiden Armen fest, so dass sie das Haus nicht verlassen konnte. Erst als sie sich beruhigt zu haben schien, ließ er von ihr ab.

Sie bat ihm um ein Glas Wasser, und er wendete sich zur Küche, um ihr etwas zu trinken zu holen.

Mit dem Golfschläger, der in der Tasche neben der Tür stand, hieb sie zu. Vier-, fünf-, sechsmal. Dann machte sie eine Pause und setzte sich auf das Sofa. Sie musste Rücksicht auf ihren Zustand nehmen. Zehn Minuten später stand sie wieder auf und griff erneut zu dem Golfschläger. Sie musste sicher gehen.

Erst als er mit weit geöffneten Augen vor ihr lag, stieg sie über ihn hinweg und ging durch die Küchentür hinaus in die Garage.

Niemand hatte sie gesehen, und sie zog ihn auch nur sehr vorsichtig. Schwer heben durfte sie nicht, das hatte ihr der Arzt verboten. Und nun sind sie gemeinsam auf dem Weg zu seiner Frau. Sie muss es wissen. Claire muss ihr erklären, dass sie ein Kind von ihrem Mann erwartete. Und dann wird sie sehen, was passiert. Für alle Fälle hat sie den Golfschläger auch in den Kofferraum gepackt. Claire lächelt. Der Kleine scheint endlich eingeschlafen zu sein.

Da vorne ist schon die Ausfahrt. Sie hat es nicht mehr weit.

Die Beichte

Der Nachmittag war schwül und stickig gewesen, und die letzten Jugendlichen hatten den Pfarrsaal verlassen. Die dickliche Kirchenhelferin hatte die Jungen und Mädchen mit ihrer schrillen Stimme verabschiedet und darauf hingewiesen, dass das nächste Firm-Treffen am kommenden Donnerstag stattfinden werde.

Der Pfarrer ging an den Bänken vorbei in die Sakristei und legte sein Ornat an. In weniger als zwanzig Minuten würde die Beichte beginnen. Einen Moment lang setzte er sich in den bequemen dunkelroten Sessel und legte die Füße hoch. Das gute Stück hatte er von der Gemeinde zum sechzigsten Geburtstag geschenkt bekommen. Und er genoss das weiche Polster und den Schemel für die Füße. Lange konnte er nicht sitzen. Das unangenehme Gefühl, dass etwas nicht stimmte, ließ ihm keine Ruhe.

Er schaute hinaus in das Kirchenschiff. Kein Mensch war zu sehen.

Tja, die Beichte hatte bei den meisten ausgedient. Und selbst er hatte dafür Verständnis. Jedes Mal, wenn eines seiner Schäfchen kam, um die Absolution zu erbitten, fühlte er sich belogen und benutzt. Aber was soll's? Das gehörte ja noch zu den harmlosen Dingen seines Jobs.

Langsam ging er auf den Beichtstuhl zu. So wie die Kirche selbst war auch der hölzerne Verschlag von barocker Bauweise. Dreigeteilt, wie üblich zu jener Zeit. Mal sprach er zu einem Sünder nach rechts und mal zu einem anderen nach links. Nie zwei zur gleichen Zeit. Aber unabhängig von welcher Seite er um Lossprechung gebeten wurde, hörte er kaum Dinge, die ihn interessierten oder auch nur wach halten konnten. Oft musste er sich zusammenreißen, um nicht während des Beichtgespräches einzuschlafen.

Vor einigen Tagen hatte er gehört, dass einige Gläubige auch schon über den Computer beichteten. Natürlich hatte er das überprüft. Und in der Tat fanden sich im Internet Möglichkeiten, virtuell um Absolution zu bitten. Dort gab es Seiten wie »Beichthaus«, »dein Beichtstuhl« oder »Beichte.de«

Bis heute konnte er darüber nur den Kopf schütteln. Der Verfall von Traditionen machte auch vor der Kirche nicht Halt. Warum auch? Viele Dinge gehörten überholt, sicher auch in dieser großen Institution. Er stand noch einmal auf und zog sich die Hosenbeine lang. Immer noch plagte ihn dieses eigenartige Gefühl.

Den Kopf an die Rückwand gelehnt, schlummerte er ein bisschen vor sich hin, als er hörte, wie eine der Türen geöffnet wurde. Es war die rechte. Also wandte er sich leicht in diese Richtung.

Er hörte, wie sich der Beichtende auf die Kniebank bemühte und schwer durchatmete. Vielleicht würde es ja doch noch ein interessantes Beichtgespräch werden. Er gab ihm einen Moment, um sich in Ruhe zu bekreuzigen und seine Beichte im Namen des Herrn einzuleiten. Dann lehnte er sich vor.

»Möge dir der Herr die wahre Erkenntnis deiner Sünden und seiner Barmherzigkeit schenken und unser Herz erleuchten.«

Nach einem gemeinsamen »Amen« hörte er von rechts ein tiefes Seufzen.

»Sprich, mein Sohn. Wie kann ich dir helfen?«

»Ach, Herr Pfarrer, ich habe gesündigt.«

Der Geistliche legte seinen Kopf in beide Hände. Am liebsten hätte er gesagt »Komm zur Sache.«, aber das stand ihm nicht zu.

»Herr Pfarrer, ich habe meine Frau geschlagen.«

»Mein Sohn, warum hast du das getan? Hast du in eurem Ehegelübde nicht versprochen, sie zu lieben, zu achten und zu ehren, bis...«

»Ja, es war doch aber wegen dieser Krankheit.«

»Welcher Krankheit? Ist deine Frau krank? Oder du?«

»Na ja, eigentlich hab ich mir das ja eingefangen.«

Oh, oh... nun schien es doch noch interessant zu werden. Schon längst hatte der Pfarrer die Stimme des Schnitzler-Bauern erkannt. Alois Schnitzler lebte mit seiner Frau und den fünf Söhnen draußen auf dem Schnitzler Hof und gehörte zu den größten Milchbauern in der Region.

»Also du hast dich an einer Krankheit angesteckt, und dafür hast du deine Frau geschlagen?«

»Ja, sonst hätt'sie ja gewusst, dass sie die Krankheit von mir hat und nicht andersrum.«

»Du hast deine Frau mit etwas angesteckt und sie dann dafür auch noch verprügelt?«

»Jetzt lassen's mich doch mal reden, Herr Pfarrer.«

Er konnte eindeutig hören, dass der Schnitzler-Bauer sich von der Bank erhoben und auf den kleinen Schemel im Kabuff gesetzt hatte. Das schien eine längere Geschichte zu werden.

»Also das war so. Sie kennen doch sicher die kleine Flori von der Huber Martina. Also, so klein ist sie ja auch nicht mehr. Sie ist ja schon zweiundzwanzig.«

Der Pfarrer nickte. Wer kannte die Huber Floriana nicht? Sie hatte schon mit siebzehn Jahren alle Jungs der Freiwilligen Feuerwehr vernascht. Musste am Namen liegen. Galt der heilige Florian doch als Schutzpatron der Feuerwehren.

Groß war sie gewachsen, die Floriana. Bestimmt einen Meter und achtzig. Und eine Figur hatte sie. Nein, das konnte man ihm nicht vorwerfen. Selbst als Pfarrer hatte er Augen im Kopf. Die Huber Floriana war ein wirklich besonders schönes Mädchen. Und sie war fast so schön wie die Huber Martina. Ihre Mutter.

»Also, ich hab da dummerweise was angefangen mit der. Also mit der Huber Flori.« Der Schnitzler Bauer schwieg einen Moment.

»Sind Sie noch da, Herr Pfarrer?«

»Aber natürlich, mein Sohn. Ich wollte dich nur in Ruhe reden lassen. Also, die Huber Flori?«

»Ja, ist nur, weil's so still bei Ihnen ist. Hab schon gedacht, Sie seien eingeschlafen.«

»Nein, sprich nur weiter. Ich höre zu.«

»Also das mit der Flori geht ja nun schon eine Weile. Aber das mit der Huber Martina...«

»Du hast auch noch was mit der Huber Martina angefangen?«

»Hören's doch zu. Also das mit der Martina, das fing erst vor vier, fünf Wochen an.«

Der Schnitzler-Bauer atmete schwer. Es fiel ihm nicht leicht, von seinen aushäusigen Affären zu erzählen. Oder die Erinnerung übermannte ihn just in diesem Moment.

»Also, dann war es grad so, dass ich die Flori ein oder zweimal in der Woche besucht habe, also gerade, wenn die Martina nicht da war. Und die Martina hab ich besucht, wenn die Flori in der Berufsschul gewesen ist. Also war ich immer am Dienstag und Donnerstag auf dem Huber Hof und am Samstag auch.«

»Drei Mal in der Woche?« Der Pfarrer klang ernsthaft überrascht.

»Ja, Herr Pfarrer. Sie kennen doch die Weiber. Wenn's einen erst Mal gern haben, dann lassen sie einen kaum noch gehen. Naa, kennen Sie ja net. Sie sind ja der Pfarrer. Entschuldigung. Nur am Sonntag und am Mittwoch, da konnte ich nie auf den Huber Hof. Da kam dann ein Cousin. So ham's gesagt. Ein Cousin. Jedenfalls hab ich mich nun bei der Floriana oder der Martina angesteckt. Mit diese dämliche Filzläus. Und weil ich ja Zuhause auch noch ein Weib hab, hat sich die vermutlich bei mir angesteckt.«

»Aha. Das heißt, ihr habt jetzt alle miteinander Filzläus.«

Der Geistliche war verblüfft. Er hatte den Schnitzler-Bauern eindeutig unterschätzt.

»Na, nee. Jetzt nimmer. Aber als meine Frau eben gesagt hatte, dass sie Filzläus hat, da hab ich ihr eben eine Watschn geben müssen. Und dann noch ein oder zwei. Sonst hätt sie doch gemerkt, dass des meine Schuld ist. Meinen Sie nicht, Herr Pfarrer?«

»Du bist jetzt also hier, um zu bereuen, dass du deine Frau geschlagen hast? Aber nicht für die Sünde, die du mit den Huber Frauen begangen hast?«

»Doch, des fei auch. Also, wenn ich schon da bin, dann kann ich das auch gleich noch bereuen. Künftig pass ich halt besser auf.«

»Du hast immer noch vor die Flori und die Martina zu besuchen?«

»Ja, aber Herr Pfarrer. Sie kennen die beiden doch. Da kann ich einfach nicht nein sagen, wenn die immer so lieb schauen. Aber ich geh nicht mehr ganz so oft hin. Ich versprech's.«

Das mangelhafte Bereuen der außerehelichen Verhältnisse hätte die Absolution eigentlich ausgeschlossen, aber er wollte nichts weiter hören. Und so schickte er den Schnitzler-Bauern mit der Auflage, zwölf Ave Maria und zwölf Rosenkränze zu beten, wieder nach Hause.

Dann wartete er noch, bis er sicher gehen konnte, dass der arme Sünder die Kirche verlassen hatte. Minuten später trat er heraus und atmete tief durch.

So viel Sünde. So schrecklich viel Sünde. Und dann kratzte er sich unter seiner Soutane unauffällig im Schritt. Jetzt, wo er wusste, wo dieses entsetzliche Jucken herkam, war er beruhigt. Morgen würde er in die Stadt fahren. Eine Apotheke, die ihn ganz sicher nicht kannte. Und dort würde er sich dieses Mittel gegen diese Läuse kaufen. Mit Martina und Floriana musste er auch unbedingt sprechen. Die Sonntagnachmittage und auch den Mittwoch würde er nun vorerst nicht mehr auf dem Huber Hof verbringen. Da war dann nämlich einfach viel zu viel Verkehr.

Biomüll

Die Papiertüte reißt fast in seiner Hand. Aber Edgar schafft es dennoch, den gesammelten Biomüll ohne größere Verluste in die Biotonne fallen zu lassen. Die Orangenschalen, die er auf dem Weg verloren hat, sammelt er von Hand wieder ein und lässt sie dann unter den Deckel der braunen Tonne mit dem gelben Aufkleber gleiten. Er muss nicht zögern. Die Schalen sind unbehandelt und können somit getrost und ordentlich in den biologischen Abfall.

Aus der schwarzen Tonne, die in dem kleinen Häuschen direkt daneben steht, sieht er ein Kabel ragen. Edgar schüttelt mit dem Kopf. Das Entsorgen von elektrischen Geräten hat schon seit einigen Jahren über den Recyclinghof zu erfolgen. Neuerdings kann man die Geräte auch dorthin zurückbringen, wo man sie gekauft hat. Aber für dieses Bügeleisen hier hatte sicher niemand mehr den Kassenbon. Edgar nimmt das Gerät aus der Restmülltonne und stellt es oben auf das Tonnenhaus. Wo auch immer es herkommt, hier gehört es definitiv nicht hin.

Diese grässlichen Leute geben sich noch nicht einmal die Mühe, sich an die einfachsten Regeln zu halten.

Es gibt Biomüll, Restmüll, gelbe Säcke, Altpapier- und Altglascontainer. So schwer kann es doch nicht sein. Und wenn man wirklich mal nicht weiß, wohin man etwas zu entsorgen hat, dann fährt man auf den Wertstoffhof und lässt sich beraten.

Oft steht Edgar stundenlang an den öffentlichen Müllbehältern und sortiert Elektroschrott und Papier aus dem Hausmüll und Wertstoffe aus der Biotonne.

Dass ausgerechnet Herta ihn auch noch so enttäuscht, macht ihn fassungslos. Und das nach zweiundzwanzig Ehejahren. Es stand doch völlig außer Frage, dass er ausrastet, wenn er Fleisch in Plastikverpackung in seiner eigenen Biotonne findet. Wie oft hatte er ihr erklärt, wie die Mülltrennung zu handhaben ist? Bestimmt hundert Mal.

Sie weiß doch genau, dass er das so nicht akzeptieren kann. Damit sie es nicht vergisst, geht er mit ihr von Tonne zu Tonne. Den Wagen mit den biologisch abbaubaren Papiertüten zieht er hinter sich her. Bei jeder Biotonne weist er sie darauf hin, dass sie es sich ein für alle Mal merken muss. Er hatte ihr wahrhaft genügend Zeit gegeben, dieses System zu lernen. Jetzt reicht es ihm. Wenn es anders nicht geht, dann muss es eben so sein. In der braunen Tonne an der Hauptstraße versenkt er die letzte Tüte. Mit dem eindringlichen Hinweis, dass es zu aller Besten ist, wenn man sich an diese einfachen Regeln hält, fällt die Papiertüte mit ihrem Kopf in den Biomüll.

Dann geht Edgar nach Hause.

Und die Plomben entsorgt Edgar im Sondermüll. Sie sind ja bleihaltig. So hat er es zumindest mal gelesen.

Die Krankheit

Oh mein Gott, wie er das hasste. Das war heute schon der Zweite. Und der Hund schlug weiter vorne auch schon wieder an. Seitdem diese grässliche Epidemie ausgebrochen war, lagen oder hingen sie überall herum. Die Leute wollten nicht mehr warten und kürzten ihr Leiden ab, indem sie sich mit Tabletten vergifteten oder mit einem Strick in den Wald gingen.

Dabei konnte man nur bei den Wenigsten die ersten Symptome erkennen. Kein Ausschlag. Keine Beulen. Sie hätten sich noch ein paar schöne Wochen oder Monate machen sollen. Karl hätte wetten können, dass der ein oder andere Selbstmörder noch nicht einmal infiziert war. Aber die Angst. Die Angst trieb sie, wenn auch nicht direkt in den Tod, dann doch in den Wahnsinn.

Karl hatte Recht. Tobi, sein Hund, hatte bereits begonnen, einen Leichnam freizubuddeln. Der Oberkörper lag vornübergebeugt im Moos. Es war ein junger Mann, ein Weißer.

Karl hatte Verständnis. Bei diesem Kandidaten hatte die Krankheit deutliche Spuren hinterlassen. An beiden Händen wuchsen bereits zusätzliche Finger. Auch der Kopf war schon weit nach rechts gebogen, weil sich aus der Halsbeuge ein zweiter Hinterkopf schob.

Karl ging weiter. Tobi hatte kein Problem damit, dass er vier Vorderläufe und einen zweiten Kopf hatte. Die Augen des zweiten Kopfes waren blind, dementsprechend störte ihn dieses Anhängsel bei der Orientierung nicht.

Anfangs gingen die Menschen davon aus, dass die Krankheit nicht auf Tiere übertragbar sei. Aber als die ersten Vögel mit Zähnen die Jungtiere von Katzen und ungeschützte Welpen angriffen, war man sich bewusst, dass die Krankheit vor nichts Halt machte.

Die meisten Bewohner der Region fanden sich mit den Veränderungen ab.

Manche erblindeten erst und freuten sich beinahe, als sich an anderen Körperstellen Tentakel mit Augäpfeln bildeten. Sie konnten wieder sehen. Das sollte ihnen reichen.

Die Krankheit schritt enorm schnell fort. Es sollten Soldaten kommen. Einheiten, die die betroffene Region isolieren und ihre Bewohner zur Not auslöschen sollten. Aber schon in kürzester Zeit bildeten sich auch bei den Belagerern physische Abnormitäten. Ein Isolieren oder gar Auslöschen war nicht mehr nötig.

Wer nicht mehr wollte, der ging eben in den Wald, warf sich von der Brücke oder vor einen der Krankentransporte.

Bis heute wusste keiner, wer oder was für diese Veränderungen verantwortlich war. War der Chemieindustrie ein Fehler unterlaufen? Hatte die Raumforschung ein biologisches Leck? Hatten die Erdbeben und die Risse tief unten im Meer damit zu tun?

Die Amerikaner beschuldigten die Russen, die Russen die Amerikaner, und der Rest der Welt zeigte auf Korea.

Alles, was man wusste war, dass ein unbekannter Parasitenstamm menschliche und tierische Zellen infiltrierte.

Die Krankenhäuser nahmen schon lange keine befallenen Patienten mehr auf. Nur noch bei Entbindungen, Brüchen oder Verletzungen wurde medizinisch geholfen. Alle anderen Fälle wurden rigoros abgelehnt. Es wusste ja keiner, ob es sich faktisch um eine behandelbare Infektion handelte oder um die Krankheit.

Karl stellte sich an sein Fenster. Draußen sah er den neuen Alltag. Die Menschen – waren das eigentlich noch Menschen? - liefen oder krochen auf den Gehwegen. Sie benutzten Busse und wenn sie noch konnten ihre Autos. Sie arbeiteten, aßen und lebten weiter. Hin und wieder konnte Karl von hier oben sehen, wie sie begannen, sich gegenseitig zu verletzen oder zu beißen. Nicht selten lag ein Körper in einem Hauseingang und verendete dort. Tobi hatte begonnen, seine ursprünglichen Vorderläufe abzukauen, und Karl erlöste ihn mit einem Gürtel. Was auch immer es war, die Krankheit schien sich weiterzuentwickeln. Und wenn er es richtig einschätzte, würde es nicht mehr so lange dauern, und sie würden beginnen, sich gegenseitig auszurotten.

Dann hätte sich das Problem erledigt. Keiner müsste mehr in den Wald gehen, um sich zu erhängen. Das würde vom Nachbarn oder der Ehefrau übernommen werden. Dann wäre Platz für völlig neues Leben. »Erleben will ich das alles nicht mehr.« dachte sich Karl. Und er öffnete das Fenster.

Petri Dank!

Rüdiger saß am See. Sein Hund Scotch lag neben ihm und nagte zufrieden an einem alten Knochen. Im Bottich an seiner Seite tummelten sich gleich fünf Forellen. Alle von stattlicher Größe.

Ein anderer Angler stellte sich neben ihn. Sie schwiegen beide versonnen, und der Mann ließ sich für ein paar Minuten neben Rüdiger ins Gras fallen.

»Läuft bei dir?«

»Ja, läuft.«

Seitdem er den Spezialköder hatte, lief es sogar besonders gut. Aber er musste den anderen sein Geheimrezept ja nicht auf die Nase binden.

»Deine Frau ist immer noch nicht wieder aufgetaucht, oder?«

Der Angelkollege kaute auf einem Grashalm.

»Nein, ich schätze, ich bin ihr mit der Zeit zu sehr auf die Nerven gegangen.«

»Weiber! Die Fischerei ist einfach nichts für sie.«

Beide lachten kurz. Dann erhob sich der Mann mit der grünen Hose und dem Schlapphut und zog weiter an die nördliche Seite des Sees.

Und er hatte Recht. Hilde war ein Spezialfall in diesen Dingen. Am Anfang hätte er ihr bloß den Hals umdrehen können, weil sie ihm ständig in seine Ruhe hineinredete. Jedes Mal, wenn er versonnen auf das Wasser starrte, auf den Tanz der Pose hoffte und genau spürte, dass gleich einer beißen würde, fing sie an.

Sie redete und redete. Über das Wetter, den See, über seine Schweigsamkeit. Und schlimmstenfalls kritisierte sie auch noch die Art, wie er angelte. Die anderen Angler rund um den See lachten schon, wenn sie sahen, dass er Hilde mal wieder im Schlepptau hatte, aber sie sagten nichts weiter. Rüdiger hatte fast den Eindruck, dass sie Mitleid mit ihm hatten und selber froh waren, dass ihre Ehefrauen noch zu Hause in den Betten lagen oder das Essen für später vorbereiteten.

Oft fragte er sich, warum sie überhaupt mit ihm hier heraus kam. Für Angler ist Angeln beruhigend und angenehm. Für Zuschauer war es in der Regel schrecklich langweilig. Rüdiger kam zu dem Schluss, dass sie ihm das Vergnügen der Ruhe und Entspannung schlichtweg nicht gönnte.

Damals dachte er, es könne nicht schlimmer kommen. Aber er irrte sich.

Schon Wochen vorher hätte er es merken müssen.

Allein die ganzen Fragen, die sie ihm stellte. Ihr albernes Kichern, wenn er von seinen Gefühlen nach einem größeren Fang sprach. Forelle, Karpfen, Hecht und Saibling. Irgendwann kannte sie sich aus, und er war naiv genug, sich nichts weiter dabei zu denken.

Und dann war es soweit. Schon früh am Tag richtete er seine Sachen. Er hoffte, dass Hilde dieses Mal nicht vorhatte, mit an den See zu kommen. Ein ruhiger Morgen, das war es, wonach ihm der Sinn stand, aber es kam schlimmer als befürchtet.

Dass sie wach war, hörte er daran, dass sie mit dem Hund sprach. Als er hörte, was sie Scotch sagte, glaubte er seinen Ohren nicht zu trauen. Und da kam sie auch schon hoch aus dem Keller.

Gummistiefel, Reuse, Rute und sogar einen Ködereimer. Sie trug eine vollständige Angelausrüstung an und bei sich.

Auf seinen Hinweis, dass sie gar nicht mit ihm angeln dürfe, weil sie keinen Angelschein besäße, lachte sie nur und zog das Dokument aus ihrer Tasche.

»Fischereischein auf Lebenszeit« stand oberhalb des Passfotos, das Hilde mit breitem Grinsen zeigte. Sie hatte tatsächlich den Schein gemacht, ohne dass er es mitbekommen hatte.

Seit diesem Tag kam sie jedes Mal mit ihm mit. Jedes Mal, wenn Rüdiger sich richtete, um an den See zu fahren.

Aber auch das reichte nicht. Hilde war vom Angelglück gesegnet. Kaum hatte sie ausgeworfen, tummelten sich die Fische um ihren Haken. Wenn er einen Saibling fing, fing sie zwei. Wenn er eine untermaßige Forelle an Land zog, begeisterte sie die anderen Angelkollegen mit einem exorbitant riesigen Karpfen.

Jedes Mal.

Sie angelte erfolgreicher als er. Das war schlimm genug. Noch schlimmer war aber ihr Verhalten am See. Sie glaubte, alle mit ihren Sprüchen zu erheitern, aber jedes Mal, wenn sie von Rüdigers schwacher Rute sprach, warfen die anderen ihm einen mitleidigen Blick zu.

So konnte es nicht weitergehen. Rüdiger schüttelte mit dem Kopf.

Dann warf er die zweite Rute aus.

Ja, in der Tat. Hildes Angel lief geschmeidiger und lag besser in der Hand. Kaum hatte er sie in die Halterung gesteckt, holte er seine Rute wieder ein, hängte ein weiteres Stück aus seinem Eimer an den Haken und warf sie wieder aus. Und während er ein bisschen betrübt darüber nachdachte, dass sein Spezialköder langsam ausging, betrachtete er seinen Hund Scotch, der auf diesem großen Knochen herumkaute.

Ein langer, schmaler und trotzdem kräftiger Knochen. Hilde war ja immer so entsetzlich stolz auf ihre langen Beine gewesen.

Sie war gerne bei den Fischen, und sie vergötterte den Hund. Und weil das eben so war, hatte er dafür gesorgt, dass sie ganz nah bei den Fischen sein konnte und auch der Hund noch ein bisschen was von ihr hatte.

Hausgäste

Ihr Haus lag gleich hinter dem Wäldchen, direkt am Wasser. Und wenn morgens die Sonne aufging, entfaltete sich die Idylle in ihrer ganzen Schönheit. Der Garten war nicht so riesig, wie es auf Anhieb aussah, aber er war zauberhaft gestaltet. Nischen unter Rosensträuchern und dichte Clematisranken säumten den Weg bis zu der Terrasse am See und dem schmalen Strandabschnitt, den Sabine und Wolfgang ihr Eigen nannten.

Schon vor mehr als dreißig Jahren hatten sie sich in das Gebäude und die Lage verliebt. Und nach langen Verhandlungen konnten sie es erwerben. In Jahren detailverliebter Renovierung wuchs und gedieh das Haus am See zu dem Schmuckstück, das es nun war.

Früher verbrachten die beiden fast alle Wochenenden hier draußen. Seit Wolfgang in Pension gegangen war und Sabine ihr Atelier hier eingerichtet hatte, lebten sie vollständig in der zweigeschossigen Villa. Es war ihr Traumhaus.

Schon beim Frühstück waren beide heute ruhiger als sonst. Sie hatten lange genug versucht, es hinauszuschieben, aber irgendwann gebot ihre Höflichkeit den Biss in den sauren Apfel.

Noch vor dem Kaffee würde ihr Besuch eintreffen.

Carola und Fritz. Ihre früheren Nachbarn. Beide gehörten zu den Teilen der Stadt, die sie gerne hinter sich gelassen hatten. Und jedes Jahr aufs Neue sagten sie sich für eine Woche an, besetzten ihr Gästezimmer und forderten ihre Gastfreundschaft heraus.

Egal wie sehr Sabine und Wolfgang betonten, dass sie ihre Ruhe am See schätzten, Carola und Fritz gaben nicht nach.

Und auch dieses Mal würden sie in Begleitung ihrer beiden Zwergpudel kommen, die keinen Respekt vor Sabines Zierkissen oder dem Teppich im Flur hatten. Jedes Mal, wenn wieder eines der Kissen zerrissen auf dem Sofa lag, schimpfte Carola kurz und albern mit den beiden Hunden und klagte Sabine ihr Leid über deren Ungehorsam. Dann versicherte sie, dass sie für den Schaden aufkommen werde. Das war vor mindestens sechs Kissen. Keines hatte sie tatsächlich erstattet. Sabine schluckte ihren Ärger herunter.

Und als die Hunde den Läufer im Flur als Lieblingsplatz für ihre Häufchen auserkoren, ließ sie sich nichts anmerken und brachte die Teppiche nach der Abreise in die Reinigung.

Dieses Mal sollte alles anders werden. Grund dafür war Wolfgangs Krankheit.

Sabine hatte ihrer früheren Nachbarin schon kurz nach deren letztem Besuch davon erzählt. Nicht indiskret. Nur angedeutet hatte sie die Schwierigkeiten, die die Krankheit im Alltag mit sich brachte.

Ja natürlich, die Medikamente halfen sehr, aber er war halt nicht mehr derselbe. Und er würde es aus auch nie wieder sein.

Wenige Stunden später saßen sie auf der Terrasse. Fritz und Carola hatten sich die Stühle mit der besten Aussicht auf den See gegönnt. Sabine und Wolfgang saßen ihnen gegenüber.

»Endlich hat es mal wieder geklappt. Wir hatten schon befürchtet, dass ihr uns diesen kleinen Urlaub hier bei euch völlig verwehren wolltet. Es ist doch immer so nett hier bei euch. Ist noch ein Schluck von dem Champagner da?«

Carola schaute hinüber zu Wolfgang. Als dieser nicht reagierte, blickte sie zu Sabine, die sich mit einem unterdrückten Seufzen und einem müden Lächeln im Gesicht aus ihrem Gartenstuhl erhob.

»Ihr solltet euch wirklich mal ein Hausmädchen zulegen. Es geht ja nun wirklich nicht an, dass ihr alles selber machen müsst.«

Carola schüttelte verständnislos mit dem Kopf und fand im Nicken ihres Mannes Bestätigung.

Sabine brachte ein Tablett mit drei Gläsern und einem Plastikbecher zurück an den Tisch.

Die Gläser platzierte sie vor den Gästen und vor sich. Den Becher stellte sie vor Wolfgang.

Carola und Fritz schauten irritiert. Wolfgang hatte bis jetzt kaum ein Wort von sich gegeben.

Nun nahm er den Becher in die Hand und lachte Sabine an. Dann stellte er ihn sich auf den Kopf.

Sabine lehnte sich zu ihrem Mann herüber und nahm ihm den Becher liebevoll vom Haar. Aber noch bevor sie ihn wieder auf den Tisch stellen konnte, riss Wolfgang den Becher erneut aus ihrer Hand, stellte ihn auf seinen Kopf und kicherte in die Runde. Geduldig versuchte sie es ein weiteres Mal, aber als Wolfgang Anstalten machte zu weinen, ließ sie davon ab, nahm seine Hand in die ihre und schaute verständnisvoll lächelnd zu ihren Gästen.

Kurze Zeit später sprang Wolfgang auf wie von der Tarantel gestochen. Sabine nahm ihn sanft bei der Hand.

»Was möchtest du tun, mein Lieber?«

Wolfgang schaute auf seine Frau herab und strahlte sie an.

»Grillen. Ich hole den Grill.«

»Aber wir grillen doch nicht, mein Liebling. Wir haben doch gar kein Grillfleisch.«

»Doch Bienchen. Wir haben Grillfleisch.« Er deutete unter den Tisch auf die beiden Hunde.

»Hot Dog!«

Carola und Fritz saßen aufrecht. Höchstalarmiert. Sie zogen die Hunde an sich heran und blickten entsetzt zu Sabine hinüber.

»Aber nein, Wolfgang. Wir dürfen die Hunde nicht grillen. Das sind doch Kylie und Spike. Die kennst du doch. Hunde grillen wir nicht.«

Wolfgang ließ sich auf den Stuhl zurück fallen. »Hot Dog.« lächelte er. Und dann setzte er sich den Becher wieder auf den Kopf.

Später beim Essen bekam Wolfgang Kartoffelbrei, während seine Frau und die Gäste Filet mit Prinzessböhnchen und Kartoffelgratin speisten. Der großgewachsene Mann trug ein Lätzchen über seiner Krawatte und verteilte das Püree über seinen ganzen Teller. Dann griff er nach der Sauciere, goss sich fast einen halben Liter der Soße über den Brei und begann, Straßen und Flüsse damit zu bauen.

Sabine kannte das Verhalten und ließ sich nicht davon stören. Sie genoss ihre Mahlzeit und reagierte auch nicht weiter auf die Blicke, die Carola und Fritz sich zuwarfen.

Nachdem sie als Dessert eine fantastische Crème brulee genossen hatten, entschuldigte sich Sabine. Sie müsse nun ihren Mann ins Bett bringen. Dann erhob sie sich.

Ohne Widerspruch stand auch Wolfgang auf und lief an der Hand seiner Frau aus dem Speisezimmer. An der Tür drehte er sich noch einmal um, warf den Gästen Kusshände zu und winkte wie ein kleines Kind. Fort war er.

Carola und Fritz lehnten sich in den bequemen Ledersesseln zurück und schauten sich fassungslos an.

»Hast du gesehen, wie er mit seiner Krawatte in der Nachspeise gerührt hat?«

Carolas Stimme klang heiser und gepresst. »Ich dachte schon, ich müsste mich übergeben.«

»Und dieser Mann war mal ein brillanter Mediziner. Ich kann kaum glauben, was aus ihm geworden ist.« Fritz neigte sich nach vorne und griff nach der Dessertschale, die seine Frau kaum angerührt hatte. Während er den karamellisierten Zucker in der hellen Crème verrührte, schüttelte er mit dem Kopf. Löffel für Löffel verzehrte er das Dessert seiner Frau.

»Wenn das so weiter geht, wird sie ihn einliefern lassen müssen. Die Ärmste. Das ist ja kaum auszuhalten.«

Carola schenkte sich von dem Chablis nach, der auf dem Tisch stand. »Was, wenn das so weiter geht? Unter diesen Umständen können wir unseren Urlaub im nächsten Jahr unmöglich hier verbringen.«

»Mal den Teufel mal nicht an die Wand. Wir ignorieren ihn halt so gut es geht.« Dann hielt er nacheinander die Teller unter den Tisch, damit ihre Hunde auch etwas vom Essen genießen durften.

Eine halbe Stunde später war Sabine wieder zurück. Sie lächelte ihren Gästen von der Tür aus zu.

»Manchmal dauert es ein paar Minuten, aber in der Regel schläft er sehr gut und zügig ein.«

»Du musst ihn ins Bett bringen? Ist das dein Ernst? Hast du schon einmal über ein gutes Heim nachgedacht? Das kannst du doch alles gar nicht bewältigen. Wolfgang ist doch schon beinahe schwachs.... extrem verwirrt.«

»Das ist kein Problem, ihr Lieben. Wir kommen gut zurecht. Nur an den Tagen, an denen er spielen will, ist es ein bisschen schwierig.«

»Spielen?« Die Frage kam zeitgleich von Fritz und Carola.

»Ja. Manchmal spielt er Verstecken. Und das kann ewig gehen. Dann stoße ich ein bisschen an meine Grenzen. Aber so wie heute ist alles recht entspannt.«

»Entspannt.« Carola wiederholte das Wort und schaute irritiert auf ihre Fußspitzen. Dann schenkte sie sich noch mal von dem Wein nach, und mit leichtem Entsetzen im Blick prostete sie ihrem Gatten zu.

Der Gästebereich umfasste ein angenehm großes Schlafzimmer, ein Wohnzimmer, ein Bad und ein Gäste WC. Alles war absolut sauber und liebevoll eingerichtet. Fritz saß noch vor dem TV-Gerät und schaute sich eine Serie an. Er musste sich ablenken. Seine Füße lagen auf dem Glastisch, und in seiner Hand war die zweite Schachtel Pistazien, die er in dem kleinen Regal im Flur gefunden hatte.

Carola saß auf der Toilette. Den Kopf auf ihre Hände gestützt. Dieser Wolfgang war mit seiner bekloppten Art gerade dabei, ihr alljährliches, kostengünstiges Urlaubsziel zu zerstören. Der ganze Tag schlug ihr auf den Magen. Sie griff nach dem Papier, als sie das Rascheln hörte. Carola saß mucksmäuschenstill und stocksteif auf dem Porzellan. Da war es wieder. Es raschelte. Vor ihr in der Dusche. Es war der Duschvorhang, der sich ganz leicht bewegte.

»Hallo?« Sie riss panisch ein paar Blätter von der Rolle und reinigte sich. Wieder raschelte es.

Dann wurde der Vorhang zur Seite gerissen.

»Guckguck!« Wolfgang schob den Duschvorhang zur Seite, winkte Carola auf der Toilette kurz zu und begann, ihn Ring für Ring aus der Halterung auszuhängen.

Schreiend rannte Carola an ihrem Mann vorbei und sperrte sich im Schlafzimmer ein. Das Papier zog sie wie eine lange Luftschlange hinter sich her.

Sabine stand auf dem Kiesweg und winkte dem kleiner werdenden Auto von Fritz und Carola hinterher. Wolfgang schaukelte noch in der Hängematte. Erst als der Wagen nicht mehr zu sehen war, hielt er an, stieg ab und kam zu seiner Frau.

Einen Moment schauten beide die Auffahrt hinab. Dann drehten sie sich um, nahmen sich bei der Hand und gingen zurück zum Haus. Sabine kicherte.

»Du warst großartig. Sogar noch besser als bei dem Besuch von Christa und Gerd.«

»Ja, ich denke, die sind wir ein für alle Mal los.«

Wolfgang zog seine Frau an sich heran und küsste sie auf die Stirn. Dann holten sie sich zwei Gläser Wein aus der Küche und gingen hinaus auf die Terrasse.

Es würde ein ganz zauberhafter Sonnenuntergang werden.

Vorurteile und andere politisch unkorrekte Lügen

Deutschland

Oben flach und unten Berge.
Rechts recht rechts,
links Gartenzwerge.
Mittig stets im Schrebergarten.
So tut mans von uns erwarten.

Die Hanseaten, steif wie Latten.
Die Bayern jodelnd sich begatten.
Und weil es war und noch so ist,
herrscht Ossi gegen Wessi Zwist.

Die Klischees reichen unvergessen,
von Kleidung, Ansicht, bis zum Essen.
Denn Schrippen, Brötchen, Semmeln frisst
man dort wo man Zuhause ist.

Und dialektisch wird es schwer,
fall'n Sachsen über Bayern her.
Auch Schwäbisch, Hessisch oder Platt,
setzt hier und dort Synapsen matt.
Dann hilft ein langer Denkprozess
und Kurse bei der VHS.

Und kommt man als Tourist hierher,
dann wundert man sich manchmal sehr.
Denn klassisch deutsch, das gibt es nicht.
Weil's nirgends wie woanders ist.

Man lästert, stichelt, wohlbekannt
gegen das nächste Bundesland.
Doch eins ist klar, fast Gott gewollt,
von außen sind wir Schwarz-Rot-Gold.

Bayern

Als allergrößtes Bundesland
ist Bayern weltweit wohlbekannt.
Wo man mit Maßkrügen sich haut
und Franzl mir ins Dirndl schaut.

Von Coburg zu den Alpen runter
reicht's Bayernland weiß-blau und bunter.
Doch diese Vielfalt ist Ballast,
weil manches Dorf das andre hasst.

Lieb Bayernland ist stets im Zwist,
ob denn ein Franke Bayer ist.
Und Oberpfälzer oder Schwaben,
noch was gemein mit Bayern haben.

Der Nieder- oder Oberbayer,
dem ist das wurscht, er ist da freier.
Dem gilt schon ewig nur als Ziel,
das nächste FC Bayern Spiel.

Es fühlt der Bayer größtes Glück,
beim Schuhplattln zur Blasmusik.
Zum Fensterln bei der Lisl dann,
steht Ferdl täglich seinen Mann.

Oktoberfeste finden statt,
wenn's überall September hat.
Dann gibt's zum Frühstück zwei Maß Bier
und Brezen, Hendl, Spieß vom Stier.
Dann heißt's nicht kleckern sondern klotzen
und später hinter Zelten kotzen.

Doch ganz und gar und ohne Frage
ist Bayern schön, stets alle Tage.
Und fern von Landschaft und Fressalien
zählt es sich selbst zu Norditalien.

Vorurteile über Rassen und Länder

Man lernt Geschichte, Länder, Sitten.
Auf Sprachen auch um Hilfe bitten.
Ist intressiert, bildet sich fort,
besucht den ein und andren Ort.
Erweitert seinen Horizont,
wenn man sich mal woanders sonnt.

Doch kann man selbiges auch lassen.
Dann denkt man anders über Rassen.

Und weil's so viel Nationen sind,
fasst man sich kurz,
urteilt geschwind.
Und hat mit Denken keine Eile.
Dafür gibt's dann ja Vorurteile.

Die Österreicher, alle Swinger.
Die Afros ham die längsten Dinger.
Und krauses Haar und rennen schnell.
Die Fraun stets trächtig, tragen Fell.

Die Asiaten platte Nasen.
Die Briten mähen täglich Rasen.
Und ja – es sind zu aller Zeit
die Niederländer ständig breit.

Ach, der Franzose ungehemmt,
geht morgens, mittags, abends fremd.

Die Polen haben kein Betragen.
Die klauen auch noch deinen Wagen.

Die Deutschen stets gewissenhaft,
auch bei Tendenz zu Sippenhaft.

Der Ami, der will Frieden schaffen.
Versorgt sich dafür selbst mit Waffen
und schießt, weil er das Recht dann hat,
als erstes schwarze Nachbarn platt.

So ist es leicht und tut nicht weh.
Ein jeder kriegt gleich ein Klischee.
Und ein verbales Hackebeil,
in Form von einem Vorurteil.

Denn, wenn du weißt, wie wer so ist.
In Schubladen dir sicher bist.
Dann weiß man, dass man nichts versäumt,
denn jeder ist dort aufgeräumt.

Vorurteile gegenüber Homosexuellen

Der Herr hat Mann und Frau gemacht
und sich dabei auch was gedacht.
Und zwar, wenn sie sich gerne binden,
am Gegenpol Interesse finden.
So sagt man allerorts ganz gern
und tun sie's nicht, hält man sich fern.

Doch macht so mancher Mensch für sich
durch diese Rechnung einen Strich.
Dann findet Mann an Mann gefallen,
und Fraun tun sich in Fraun verknallen.
Da muss der Pfarrer heftig schlucken,
hört auf nach kleinen Jungs zu gucken.

Und mancher Spießer schreit laut auf.
Und haut verbal auf Homos drauf.
Denn nicht sein kann, was nicht sein darf,
ist Paul auf Horst statt Wilma scharf.

Dann redet man sich manches schön.
Statt dass man sich daran gewöhnt.
Die Lesben suchen sicher dann
ganz tief im Innern doch nen Mann.

Der kann ihr besser als die Fraun
den Hintern bei Bedarf verhaun.
Denn wenn die Lady ehrlich ist,
hat sie doch dieses Ding vermisst.

Und bei den Kerlen ist es klar,
da hat schon früh versagt Mama.
Die Burschen sind falsch orientiert,
weil sie nicht recht interveniert.

So redet man sich andres recht,
und wer's nicht glaubt, der ist halt schlecht.
Denn eher ist es zu ertragen,
wenn sich die Ehepaare schlagen.
Als wenn der Gerd den Thomas liebt
und Esther sich der Carla gibt.

Doch mancher kann nicht aus der Haut
und wird mit Homos nicht vertraut.
Die Hoffnung wird nicht aufgegeben
auf dieses Standard Hetero-Leben.

Die Leiden der jungen M. oder der Beginn der Diät

Ich fühl mich fett und auch ganz kläglich,
bin heut mir selber unerträglich.
Ich schwabbel hier und fühl mich welk.
Es knarzt und knackt in dem Gebälk.
Bin frustig, launisch, fühl mich klein.
Dann hilft nur eins,
ich trink 'nen Wein.

Ist dann der Jammer nicht vorbei,
dann werden's mehr, vielleicht auch drei.
Denn Alkohol mich heiter stimmt
oder frustriert, wie man's halt nimmt.
Bin träge dann und fühl mich schlapper,
dann hilft nur eins, der Griff zum Grappa.

Erfasst mich nun der Schönheitswahn,
schau ich mal nach der Murmelbahn.
Denn nichts die Stimmung mir versaut,
wie Schenkel mit Orangenhaut.
Und wenn nix mehr zu retten ist,
dann hilft's, wenn man Nutella frisst.

Nun bin ich blau und mir ist schlecht.
Ich mach mir grade gar nichts recht.
Wollt ich nicht heut' beginn' mit fasten?
Ans Wunschgewicht heran mich tasten?
Doch im Gefrierfach – so ein Scheiß!
Find ich noch ein Vanilleeis.
Jetzt ist mir auch noch grässlich kalt.
Es hilft heut nix, ich fühl mich alt.

Doch morgen, ja, da fang ich an.
Mit Laufband, Hanteln und sodann
schlaf lächelnd ein. Und mir ist klar,
dann wird nichts sein, wie's vorher war.
Dann werd ich fit und drall und knackig.
Den ganzen Tag am liebsten nackig.

Und sollt es wieder anders sein,
dann macht das nichts,
ich hab noch Wein.

Danke!

Ich möchte mich bei allen bedanken, die mich bei diesen »*33 Grausamkeiten II*« unterstützt, motiviert, angetrieben oder auch nur in meiner Rachelust inspiriert haben.

Liebe Esther - Dieses Mal war es nicht ganz so schwierig mich zufrieden zu stellen. Tausend Dank für Deine wunderbare Covergestaltung.

Liebe Eva - Rechte Hand, Unterstützung, Motivationsmotor, Schwester im Geiste, Freundin, Co-Träumerin und Endkorrektorin. Ohne Dich wäre alles nicht unmöglich, aber unfassbar viel schwerer.

Nicky, Noémi, Mutti, Gela, Marc, Timo, Tara, Melli - Danke für die vielen kreativen Anregungen, wenn ich mal wieder etwas zögerlich wurde. Auf die Familie!!!

Olaf - Ganz dollen Dank für die guten Nerven, den Kumpel, Walker und Einpeitscher, Fotografen und das »in Deckung gehen«, wenn ich mal wieder kurz vor der Explosion stand.

Mathias – Ebenfalls ein großes Danke für das Lektorieren, die Möglichkeit bei schönstem Ausblick zu arbeiten, das Schlafen auf dem Boot, wenn ich zu hektisch wurde, die ausgeflippten Ziegen und die ständige Herausforderung. Im Guten wie im Guten.

Mirella – Danke, dass Du die Kurve gekriegt hast. Du hast mir gezeigt, wie schnell und unverhofft manche Dinge gehen können. Du bist eine fantastische Frau und Mutter.

Und ein dickes Dankeschön an alle meine Leser, die nach den ersten 33 Grausamkeiten noch lange nicht genug hatten. Weiter geht's...

Viel, viel, viel Spaß beim Lesen.
Manuela Thoma-Adofo